Translated Language Learning

Les Aventures d'Alice au Pays des Merveilles

Pengembaraan Alice di Dunia Menakjubkan

Lewis Carroll

Français / Bahasa Melayu

Dans le Terrier du Lapin
Turun Lubang Arnab

Alice commençait à être très fatiguée
Alice mula sangat letih
Elle était assise à côté de sa sœur sur le talus d'herbe
dia duduk di sebelah kakaknya di tebing rumput
Mais elle n'avait rien à faire
tetapi dia tidak mempunyai apa-apa kaitan
Sa sœur lisait un livre
kakaknya sedang membaca buku
une ou deux fois, Alice jeta un coup d'œil dans le livre
sekali atau dua kali Alice mengintip ke dalam buku itu
Mais le livre ne contenait ni images ni conversations
tetapi buku itu tidak mempunyai gambar atau perbualan di dalamnya
« À quoi sert un livre sans images ? » pensa Alice
"apa gunanya buku tanpa gambar?," fikir Alice
« Pourquoi un livre n'aurait-il pas de conversations ? »
"Mengapa buku tidak mempunyai perbualan?"
Mais elle avait d'autres choses à considérer

tetapi dia mempunyai perkara lain untuk dipertimbangkan

« Faire une chaîne de marguerites serait un plaisir »

"Membuat rantai bunga aster akan menjadi keseronokan"

« Mais cela vaut-il la peine de se lever et de cueillir les marguerites ?? »

"Tetapi adakah ia berbaloi dengan usaha untuk bangun dan memetik bunga aster ??"

Ce n'était pas si facile d'y penser

Ini tidak begitu mudah untuk difikirkan

parce que la journée la rendait somnolente et stupide

kerana hari itu membuatkan dia berasa mengantuk dan bodoh

Mais soudain, ses pensées s'interrompirent

tetapi tiba-tiba fikirannya terganggu

un lapin blanc aux yeux roses courait près d'elle

Arnab Putih dengan mata merah jambu berlari dekat dengannya

Il n'y avait rien de trop remarquable chez le lapin

Tidak ada yang terlalu luar biasa tentang arnab itu

et Alice ne trouvait pas non plus le lapin remarquable

dan Alice juga tidak menganggap arnab itu luar biasa

elle ne s'étonna pas non plus quand le Lapin parla
juga tidak mengejutkannya apabila Arnab bercakap
« Oh mon Dieu ! Je serai trop tard ! se dit-il
"Oh sayang! Saya akan terlambat!" katanya kepada dirinya
sendiri
**mais alors le Lapin a fait quelque chose que les lapins n'ont
pas fait**
tetapi kemudian Arnab melakukan sesuatu yang tidak
dilakukan oleh arnab
le Lapin tira une montre de la poche de son gilet
Arnab mengeluarkan jam tangan dari poket baju pinggangnya
Il regarda l'heure puis se hâta
Dia melihat masa dan kemudian bergegas
Alice se leva, stupéfaite
Alice bangkit, kagum
Elle n'avait jamais vu un lapin avec un gilet auparavant !
Dia tidak pernah melihat arnab dengan baju pinggang
sebelum ini!
elle n'avait jamais vu non plus de lapin avec une montre !
dia juga tidak pernah melihat arnab dengan jam tangan!
Alice brûlait d'une nouvelle curiosité
Alice terbakar dengan rasa ingin tahu baru
et elle courut à travers le champ après le Lapin
dan dia berlari melintasi padang selepas Arnab
Elle était juste à temps pour voir le lapin disparaître
dia tepat pada masanya untuk melihat arnab itu hilang
Le lapin sauta dans un grand terrier de lapin
Arnab itu melompat ke dalam lubang arnab yang besar
Un instant plus tard, Alice s'est mise à courir après le lapin !
Dalam sekejap lagi, Alice mengejar arnab itu!
Le terrier du lapin continuait tout droit comme un tunnel
Lubang arnab terus seperti terowong
Et le tunnel a continué à avancer sur une certaine distance
dan terowong itu terus berjalan agak jauh
Et puis le chemin s'est soudainement incliné
dan kemudian laluan itu tiba-tiba merosot ke bawah
Alice n'eut pas un instant pour songer à s'arrêter

Alice tidak mempunyai masa untuk berfikir untuk menghentikan dirinya

Elle s'est retrouvée à tomber et à tomber

dia mendapati dirinya jatuh dan turun dan turun

Il semblait qu'elle était tombée dans un puits très profond

seolah-olah dia telah jatuh ke dalam perigi yang sangat dalam

Ou le puits était très profond, ou bien elle tombait très lentement

Sama ada telaga itu sangat dalam, atau dia jatuh dengan perlahan

parce qu'elle avait tout le temps de tomber

kerana dia mempunyai banyak masa untuk jatuh

alors qu'elle tombait, elle pouvait regarder tout autour d'elle

Semasa dia jatuh, dia boleh melihat sekelilingnya

D'abord, elle a essayé de comprendre où elle allait

Pertama, dia cuba mengetahui ke mana dia akan pergi

mais le puits était trop sombre pour voir quoi que ce soit

tetapi perigi itu terlalu gelap untuk melihat apa-apa

Puis elle regarda les côtés du puits

Kemudian dia melihat ke sisi perigi

Et elle remarqua qu'il y avait des placards tout autour d'elle

dan dia perasan bahawa terdapat almari di sekelilingnya

et tout autour du puits il y avait des étagères de livres

dan di sekeliling perigi terdapat rak buku

Çà et là, elle voyait des cartes et des tableaux accrochés à des piquets

Di sana-sini dia melihat peta dan gambar digantung pada pasak

En passant, elle prit un bocal sur l'une des étagères

Dia menurunkan balang dari salah satu rak semasa dia berlalu

Le pot a été étiqueté pour son contenu

balang itu dilabelkan untuk kandungannya

« MARMELADE D'ORANGES »

"MARMALADE DIPERBUAT DARIPADA OREN"

Mais, à sa grande déception, le pot de marmelade était vide

tetapi, yang sangat mengecewakannya, balang marmalade itu kosong

Elle ne voulait pas laisser tomber le pot de marmelade vide
Dia tidak mahu menjatuhkan balang marmalade kosong
et sa chute fut très lente
dan kejatuhannya sangat perlahan
Elle a donc réussi à mettre le pot de marmelade dans l'un des placards
Jadi dia berjaya memasukkan balang marmalade ke dalam salah satu almari
Tombée, descendue, tombée !
Turun, turun, turun dia jatuh!
La chute prendrait-elle fin ?
Adakah kejatuhan akan berakhir?
Il n'y avait rien d'autre à faire
Tiada apa-apa lagi yang perlu dilakukan
alors Alice commença bientôt à se parler à elle-même
jadi Alice tidak lama lagi mula bercakap dengan dirinya sendiri
« Je vais beaucoup manquer à Dinah ce soir, je pense ! »
"Dinah akan sangat merindui saya malam ini, saya patut fikir!"
Dinah était le chat d'Alice
Dinah ialah kucing Alice
« J'espère qu'ils se souviendront de sa soucoupe de lait à l'heure du thé »
"Saya harap mereka akan mengingati piring susunya pada waktu minum teh"
« Dinah, ma chère, je voudrais que tu sois ici avec moi ! »
"Dinah, sayangku, saya harap awak berada di sini bersama saya!"
Alice sentit qu'elle s'assoupissait
Alice merasakan bahawa dia tertidur
Et puis soudain, bruit sourd ! bourrade!
dan kemudian tiba-tiba, berdebar! berdebar!
Elle tomba sur un tas de bâtons
dia jatuh di atas timbunan kayu
et elle atterrit sur un tas de feuilles sèches
dan dia mendarat di atas timbunan daun kering

et enfin la longue chute dans le trou était terminée
dan akhirnya kejatuhan panjang ke dalam lubang itu berakhir
Alice n'était pas du tout blessée
Alice tidak terluka sedikit pun
Et elle se leva d'un bond au bout d'un instant
dan dia melompat dalam sekejap
Elle leva les yeux, mais il faisait noir au-dessus de sa tête
Dia mendongak, tetapi semuanya gelap di atas kepala
Devant elle se trouvait un autre long couloir
di hadapannya terdapat satu lagi koridor panjang
et le Lapin Blanc était toujours en vue
dan Arnab Putih masih kelihatan
Il se hâtait dans le couloir
dia tergesa-gesa menyusuri koridor
Il n'y avait pas un instant à perdre
Tidak ada masa untuk hilang
Alice s'enfuit comme le vent
lari Alice seperti angin
Au coin de la rue, le lapin s'est retourné
di sekitar sudut menghidupkan arnab
Elle était juste à temps pour entendre le lapin
dia tepat pada masanya untuk mendengar arnab itu
« "Oh, mes oreilles et mes moustaches »
""Oh, telinga dan misai saya"
« Comme il est tard ! »
"Berapa lewat lagi!"
Elle était tout près derrière le lapin
Dia berada dekat di belakang arnab
Elle tourna au détour d'un autre coin
dia berpaling di sudut lain
mais le Lapin n'était plus visible
tetapi Arnab itu tidak lagi dapat dilihat
Elle se retrouva dans une longue salle basse
Dia mendapati dirinya berada di dewan yang panjang dan
rendah
La salle était éclairée par une rangée de plafonniers
Dewan itu diterangi oleh deretan lampu siling

Il y avait des portes tout autour de la salle
Terdapat pintu di sekeliling dewan
mais toutes les portes étaient fermées à clé
tetapi semua pintu dikunci
Elle marcha tout le long d'un côté de la salle
Dia berjalan sepanjang jalan ke satu sisi dewan
et elle avait fait tout le chemin de l'autre côté de la salle
dan dia telah berjalan sepanjang jalan ke seberang dewan
Elle avait essayé toutes les portes
dia telah mencuba setiap pintu
et elle marchait tristement au milieu de la salle
dan dia berjalan dengan sedih di tengah-tengah dewan
« Comment vais-je jamais en sortir ? »
"bagaimana saya boleh keluar lagi?"

Tout à coup, elle tomba sur une petite table
Tiba-tiba dia terjumpa sebuah meja kecil
La table était entièrement en verre massif
meja itu diperbuat sepenuhnya daripada kaca pepejal
Il n'y avait rien sur la table à part une petite clé dorée

Tiada apa-apa di atas meja kecuali kunci emas kecil
La clé pourrait appartenir à l'une des portes !
kuncinya mungkin milik salah satu pintu!
Mais, hélas ! Certaines serrures étaient trop grandes pour les clés
tetapi, malangnya! beberapa kunci terlalu besar untuk kunci
et pour les autres serrures, la clé était trop petite
dan untuk kunci yang lain kuncinya terlalu kecil
mais, en tout cas, la clef n'ouvrit aucune des portes
tetapi, bagaimanapun, kunci itu tidak membuka pintu
Mais que devait-elle faire ?
tetapi apa yang perlu dia lakukan?
Elle traversa de nouveau le couloir
Dia pergi melalui dewan sekali lagi
et cette fois, elle remarqua un rideau bas
dan kali ini dia melihat tirai rendah
Derrière le rideau se trouvait une petite porte
Di sebalik tirai terdapat pintu kecil
La porte avait une quinzaine de pouces de haut
pintunya kira-kira lima belas inci tinggi
Elle essaya la petite clé dorée dans la serrure
Dia mencuba kunci emas kecil di dalam kunci
Et à sa grande joie, la clé s'est glissée dans la serrure !
dan yang sangat menggembirakannya, kunci itu muat di dalam kunci!
Alice ouvrit la porte
Alice membuka pintu
et elle trouva la porte qui donnait sur un petit couloir
dan dia mendapati pintu itu menuju ke koridor kecil
Le couloir n'était pas beaucoup plus grand qu'un trou à rats
koridor itu tidak jauh lebih besar daripada lubang tikus
Elle s'agenouilla et regarda le long du couloir
Dia berlutut dan melihat di sepanjang koridor
et elle a vu le plus beau jardin que vous ayez jamais vu
dan dia melihat taman paling indah yang pernah anda lihat
comme elle avait envie de sortir de cette salle sombre
bagaimana dia rindu untuk keluar dari dewan gelap itu

comme elle voulait se promener parmi ces fleurs lumineuses
bagaimana dia mahu mengembara di antara bunga-bunga
terang itu
Comme ces fontaines avaient l'air cool et rafraîchissantes
betapa sejuknya menyegarkan air pancut itu kelihatan
Mais elle ne pouvait même pas passer la tête par la porte
tetapi dia tidak dapat memasukkan kepalanya melalui pintu
— Oh ! dit Alice d'un ton lugubre
"Oh," kata Alice, sedih
comme je voudrais pouvoir me plier comme un télescope !
"betapa saya berharap saya boleh melipat seperti teleskop!"
« Je pense que je pourrais me plier comme un télescope »
"Saya rasa saya boleh melipat seperti teleskop"
« Si seulement je savais par où commencer »
"jika saya hanya tahu bagaimana untuk bermula"
Alice retourna à la table
Alice kembali ke meja
Il y avait la chance de trouver une autre clé
Terdapat peluang untuk mencari kunci lain
Ou il pourrait y avoir un livre de règles
atau mungkin ada buku peraturan
Le livre pourrait lui apprendre à se plier comme un télescope
Buku itu boleh memberitahunya cara melipat seperti teleskop
Cette fois, elle trouva une petite bouteille
Kali ini dia menemui botol kecil
« cette bouteille n'était certainement pas là auparavant, » dit
Alice
"botol ini pastinya tidak ada di sini sebelum ini," kata Alice
et autour du goulot de la bouteille était attachée une
étiquette en papier
dan diikat di leher botol itu ialah label kertas
L'étiquette était magnifiquement imprimée en grandes
lettres
label itu dicetak dengan indah dalam huruf besar
« BOIS-MOI »
"MINUM SAYA"
« Non, je vais regarder d'abord », a-t-elle dit

"Tidak, saya akan lihat dahulu," katanya

« Je vais voir si la bouteille est marquée comme toxique ou non, »

"Saya akan lihat sama ada botol itu ditandakan sebagai beracun atau tidak,"

Parce qu'elle n'a jamais oublié la leçon sur le poison

Kerana dia tidak pernah melupakan pelajaran tentang racun

« Si une bouteille est étiquetée comme toxique, elle est forcément en désaccord avec vous »

"Jika botol dilabelkan beracun, ia pasti tidak bersetuju dengan anda"

Cependant, cette bouteille n'a pas été marquée comme toxique

Walau bagaimanapun, botol ini tidak ditandakan sebagai beracun

alors Alice se hasarda à goûter le contenu de la bouteille

jadi Alice memberanikan diri untuk merasai kandungan botol itu

Elle trouva le liquide tout à fait à son goût

dia mendapati cecair itu agak sesuai dengan keinginannya

La boisson avait une sorte de saveur mélangée

minuman itu mempunyai sejenis rasa campuran

tarte aux cerises, crème pâtissière et ananas

ceri-tart, kastard, dan nanas

Rôtir la dinde, le caramel et le pain grillé au beurre chaud

ayam belanda panggang, toffee, dan roti bakar dengan mentega panas

et elle finit bientôt la bouteille

dan dia tidak lama kemudian menghabiskan botol itu

« Quelle curieuse sensation ! » dit Alice

"Perasaan yang ingin tahu!" kata Alice

« Je me plie comme un télescope ! »

"Saya melipat seperti teleskop!"

Et elle se repliait comme un télescope !

Dan dia memang melipat seperti teleskop!

Elle n'avait plus que dix pouces de haut

Dia kini hanya sepuluh inci tinggi

et son visage s'éclaira à ses pensées
dan wajahnya cerah melihat fikirannya
Maintenant, elle était de la bonne taille pour la petite porte
sekarang dia adalah saiz yang sesuai untuk pintu kecil itu
Maintenant, elle pouvait aller dans ce joli jardin
Sekarang dia boleh pergi ke taman yang indah itu
Bientôt, elle a cessé de devenir plus petite
tidak lama kemudian dia berhenti menjadi lebih kecil
Elle décida d'aller tout de suite dans le jardin
Dia memutuskan untuk pergi ke taman sekaligus
mais, hélas pour la pauvre Alice !
tetapi, sayangnya untuk Alice yang malang!
Elle arriva à la porte
dia sampai ke pintu
Mais elle avait oublié la petite clé d'or
tetapi dia telah melupakan kunci emas kecil itu
Elle retourna à la table pour prendre la clé
Dia kembali ke meja untuk mendapatkan kunci
Mais elle s'aperçut qu'elle ne pouvait pas atteindre assez haut
tetapi dia mendapati dia tidak dapat mencapai cukup tinggi
Elle pouvait voir la clé très distinctement à travers la vitre
dia dapat melihat kunci dengan jelas melalui kaca
Elle essaya de grimper sur les pieds de la table
Dia cuba memanjat kaki meja
Mais le verre était beaucoup trop glissant
tetapi kaca itu terlalu licin
Finalement, elle s'est fatiguée à essayer
akhirnya dia letih dengan mencuba
et la pauvre petite fille s'assit et pleura
dan gadis kecil yang malang itu duduk dan menangis
Alice se parlait à elle-même assez vivement
Alice bercakap kepada dirinya sendiri dengan agak tajam
« Allons, ça ne sert à rien de pleurer comme ça ! »
"Ayo, tidak ada gunanya menangis seperti itu!"
« Je vous conseille d'arrêter tout de suite ! »
"Saya menasihati anda untuk berhenti sebentar ini!"

Elle se donnait généralement de très bons conseils
Dia biasanya memberi nasihat yang sangat baik kepada dirinya sendiri
bien qu'elle suivît très rarement ses propres conseils
walaupun dia sangat jarang mengikut nasihatnya sendiri
Et elle était parfois trop dure envers elle-même
dan kadang-kadang dia terlalu keras terhadap dirinya sendiri
et ses paroles lui firent monter les larmes aux yeux
dan kata-katanya membawa air mata ke matanya
Bientôt, son regard tomba sur une petite boîte en verre
Tidak lama kemudian matanya tertuju pada sebuah kotak kaca kecil
La petite boîte de verre était posée sous la table
kotak kaca kecil itu terletak di bawah meja
Dans la boîte en verre se trouvait un tout petit gâteau
Di dalam kotak kaca terdapat kek yang sangat kecil
Sur le gâteau, quelques mots étaient magnifiquement écrits
Pada kek beberapa perkataan ditulis dengan indah
les mots avaient été marqués dans des groseilles
kata-kata itu telah ditandakan dalam kismis
« MANGE-MOI »
"MAKAN SAYA"
« Eh bien, je vais manger le gâteau », dit Alice
"Baiklah, saya akan makan kek itu," kata Alice
« et si le gâteau me fait grossir, je peux atteindre la clé »
"dan jika kek itu membuatkan saya membesar, saya boleh mencapai kuncinya"
« et si le gâteau me fait rapetisser, je peux me glisser sous la porte »
"dan jika kek itu membuatkan saya menjadi lebih kecil, saya boleh merayap di bawah pintu"
« Donc, de toute façon, j'irai dans le jardin »
"jadi walau apa pun saya akan masuk ke taman"
« Et peu m'importe lequel des deux arrive ! »
"dan saya tidak peduli yang mana antara kedua-duanya berlaku!"
Elle a mangé un peu du gâteau

Dia makan sedikit kek

et elle se parla anxieusement à elle-même :

dan dia dengan cemas bercakap kepada dirinya sendiri:

« Dans quel sens ? Dans quel sens ?

"Arah mana? Ke arah mana?"

et elle posa la main sur sa tête

dan dia memegang tangannya di atas kepalanya

Elle voulait sentir de quelle façon elle grandissait

dia mahu merasakan ke arah mana dia membesar

Elle fut très surprise de découvrir ce qui s'était passé

dia agak terkejut apabila mengetahui apa yang telah berlaku

Elle était restée de la même taille !

dia kekal saiz yang sama!

Cette fois, elle redoubla donc d'efforts

jadi kali ini dia menggandakan usahanya

Et bientôt, elle termina tout le gâteau

dan tidak lama kemudian dia menghabiskan keseluruhan kek

La mare de larmes

Kumpulan Air Mata

« Cela devient de plus en plus intéressant ! » s'écria Alice

"Ini semakin menarik!" jerit Alice

Vous pouvez voir qu'elle était très surprise

Anda boleh lihat dia sangat terkejut

« Je m'ouvre comme le plus grand télescope qui ait jamais existé ! »

"Saya membuka seperti teleskop terbesar yang pernah ada!"

« Au revoir, les pieds ! Oh, mes pauvres petits pieds"

"Selamat tinggal, kaki! Oh, kaki kecil saya yang malang"

« Je me demande qui va vous mettre vos chaussures maintenant, mes chères ? »

"Saya tertanya-tanya siapa yang akan memakai kasut anda untuk anda sekarang, sayang?"

et je me demande qui mettra vos bas ?

"dan saya tertanya-tanya siapa yang akan memakai stoking anda?"

« Je serai beaucoup trop loin »

"Saya akan terlalu jauh"

« Je ne pourrai plus me soucier de toi »

"Saya tidak akan dapat menyusahkan diri saya tentang awak lagi"

Juste à ce moment, sa tête heurta quelque chose

Tepat pada masa ini kepalanya memukul sesuatu

Elle avait atteint le toit de la salle

dia telah sampai ke bumbung dewan

En fait, elle mesurait maintenant plus de deux mètres

sebenarnya, dia kini lebih daripada dua meter tinggi

et elle prit aussitôt la petite clef d'or

dan dia segera mengambil kunci emas kecil itu

et elle se précipita vers la porte du jardin

dan dia bergegas ke pintu taman

Pauvre Alice ! Il n'y avait pas grand-chose qu'elle pouvait faire

Alice yang malang! Tidak banyak yang boleh dia lakukan

Elle s'allongea sur le côté

dia berbaring di satu sisi
et elle regarda d'un œil dans le jardin
dan dia melihat ke dalam taman dengan sebelah mata
Mais s'en sortir était plus désespéré que jamais
tetapi untuk melaluinya lebih putus asa daripada sebelumnya
Elle s'est assise et a recommencé à pleurer
Dia duduk dan mula menangis lagi
Elle a continué à verser des litres de larmes
Dia terus menitikkan gelen air mata
Bientôt, il y eut une grande flaque tout autour d'elle
Tidak lama kemudian terdapat kolam besar di sekelilingnya
et l'eau atteignait la moitié du couloir
dan air sampai separuh jalan ke bawah dewan
Au bout d'un moment, elle entendit un petit claquement de pieds
Selepas beberapa ketika, dia mendengar sedikit bunyi kaki
Elle entendit les pas venir de loin
dia mendengar kaki datang dari kejauhan
et elle s'essuya vivement les yeux pour voir ce qui allait arriver
dan dia tergesa-gesa mengeringkan matanya untuk melihat apa yang akan berlaku
C'était le retour du Lapin Blanc
Ia adalah Arnab Putih yang kembali
Il était magnifiquement vêtu
dia berpakaian cantik
Il avait une paire de gants blancs dans une main
dia mempunyai sepasang sarung tangan putih di satu tangan
et il avait un grand éventail de plumes dans l'autre main
dan dia mempunyai kipas bulu besar di tangan yang lain
Il arriva en trottinant en toute hâte
Dia datang berlari dengan tergesa-gesa
et il murmura en lui-même : « Oh ! la duchesse, la duchesse !
dan dia bergumam pada dirinya sendiri, "Oh! Duchess, Duchess!"
« Ah ! ne serait-elle pas sauvage si je l'ai fait attendre !
"Oh! bukankah dia akan biadab jika saya membiarkannya

menunggu!"

Quand le Lapin s'approcha d'elle, Alice prit la parole
Apabila Arnab menghampirinya, Alice bercakap
Mais elle parlait d'une voix basse et timide
tetapi dia bercakap dengan suara rendah dan malu-malu
« Monsieur, s'il vous plaît, arrêtez ce que vous faites un instant »
"Tuan, tolong hentikan apa yang anda lakukan sebentar"
Le Lapin sursauta violemment
Arnab itu terkejut dengan ganas
Il laissa tomber les gants blancs et l'éventail de plumes
Dia menjatuhkan sarung tangan putih dan kipas bulu
et il s'enfuit dans les ténèbres aussi vite qu'il le put
dan dia bergegas pergi ke dalam kegelapan secepat yang dia boleh
Alice ramassa l'éventail en plumes et les gants
Alice mengambil kipas bulu dan sarung tangan
Et elle n'arrêtait pas de s'éventer tout en parlant
dan dia terus mengipasi dirinya sendiri semasa dia terus bercakap

« Cher, cher ! Comme tout est étrange aujourd'hui ! »
"Sayang, sayang! Betapa pelik segala-galanya hari ini!"
« Hier, les choses se sont passées comme d'habitude »
"Semalam keadaan berjalan seperti biasa"
« Étais-je le même quand je me suis levé ce matin ? »
"Adakah saya sama ketika saya bangun pagi ini?"
« Mais si je ne suis pas le même, il y a une autre question »
"Tetapi jika saya tidak sama, ada soalan lain"
« Qui suis-je ? »
"Siapa saya di dunia ini?"
« Ah, c'est le grand casse-tête ! »
"Ah, itu teka-teki yang hebat!"
En disant cela, elle baissa les yeux sur ses mains
Semasa dia mengatakan ini, dia melihat ke bawah pada
tangannya
Elle portait l'un des petits gants blancs du lapin
Dia memakai salah satu sarung tangan putih kecil arnab
Elle n'avait pas remarqué qu'elle avait mis le gant en parlant
Dia tidak perasan dia memakai sarung tangan semasa
bercakap
« Comment ai-je pu faire cela ? » a-t-elle pensé
"Bagaimana saya boleh melakukannya?" fikirnya
« Je dois redevenir petit »
"Saya mesti menjadi kecil lagi"
Elle se leva et s'approcha de la table pour mesurer sa taille
Dia bangun dan pergi ke meja untuk mengukur ketinggiannya
Elle a découvert qu'elle mesurait maintenant environ un
demi-mètre
Dia mendapati bahawa dia kini kira-kira setengah meter
tinggi
et elle rétrécissait encore rapidement
ddan dia masih mengecut dengan cepat
Elle découvrit rapidement quelle était la cause de ce
rétrécissement
Dia tidak lama kemudian mengetahui apa punca pengecutan
itu
L'éventail de plumes la rendait encore plus petite !

kipas bulu itu menjadikannya lebih kecil lagi!

et elle laissa tomber l'éventail de plumes à la hâte

dan dia menjatuhkan kipas bulu itu dengan tergesa-gesa

Elle laissa tomber l'éventail de plumes juste à temps pour se sauver

Dia menjatuhkan kipas bulu tepat pada masanya untuk menyelamatkan dirinya

Si elle s'était éventée plus longtemps, elle se serait complètement retirée

Sekiranya dia mengipasi dirinya lebih lama lagi, dia akan mengecil sepenuhnya

« C'était une échappatoire de justesse ! » dit Alice

"Itu adalah pelarian yang sempit!" kata Alice

et elle fut bien effrayée de ce changement soudain

dan dia sangat takut dengan perubahan mendadak itu

mais elle était très heureuse de se trouver encore en existence

tetapi dia sangat gembira mendapati dirinya masih wujud

« Et maintenant, en route pour le jardin ! »

"Dan sekarang, pergi ke taman!"

Et elle courut à toute vitesse vers la petite porte

Dan dia berlari dengan semua kelajuan kembali ke pintu kecil itu

Mais, hélas ! La petite porte fut refermée

tetapi, malangnya! pintu kecil itu ditutup semula

et la petite clé d'or était de nouveau posée sur la table de verre

dan kunci emas kecil itu terletak di atas meja kaca lagi

« Les choses sont pires que jamais », pensa le pauvre enfant

"Keadaan lebih teruk daripada sebelumnya," fikir kanak-kanak malang itu

« Je n'ai jamais été aussi petit que ça auparavant, jamais ! »

"Saya tidak pernah sekecil ini sebelum ini, tidak pernah!"

En prononçant ces mots, son pied glissa

Semasa dia mengucapkan kata-kata ini, kakinya tergelincir

et un instant plus tard, il y eut une grande éclaboussure !

dan pada saat lain terdapat percikan yang hebat!

Elle était dans l'eau salée jusqu'au menton
dia sampai ke dagunya dalam air masin
**Sa première idée fut qu'elle était tombée d'une manière ou
d'une autre dans la mer**
Idea pertamanya ialah dia entah bagaimana telah jatuh ke
dalam laut
**Cependant, elle s'est vite rendu compte dans quoi elle se
trouvait**
Walau bagaimanapun, dia tidak lama kemudian menyedari
apa yang dia hadapi
Elle était dans une mare de larmes
dia berada dalam kolam air mata
**les larmes qu'elle avait versées quand elle avait deux mètres
de haut**
air mata yang dia tangiskan ketika dia setinggi dua meter

Juste à ce moment-là, elle entendit quelque chose
Sejurus itu dia mendengar sesuatu
Quelque chose barbotait dans la mare
ada sesuatu yang terpercik di dalam kolam
Les éclaboussures venaient d'un peu de loin

percikan itu datang dari jarak yang agak jauh
et elle nagea plus près pour voir ce que c'était que les éclaboussures
dan dia berenang lebih dekat untuk melihat apa percikan itu
Elle vit bientôt que ce n'était qu'une petite souris
dia segera melihat bahawa itu hanya seekor tikus kecil
La petite souris s'était également glissée dans l'eau
Tikus kecil itu juga telah menyelinap ke dalam air
Alice réfléchit à la situation
Alice berfikir sendiri tentang keadaan itu
« Serait-il utile de parler à cette souris ? »
"Adakah gunanya bercakap dengan tikus ini?"
« Tout est tellement à l'envers ici »
"Segala-galanya sangat terbalik di sini"
« Je pense que c'est très probable que cette souris peut parler »
"Saya harus fikir kemungkinan besar tikus ini boleh bercakap"
« En tout cas, il n'y a pas de mal à essayer »
"Walau apa pun, tidak ada salahnya mencuba"
Alors elle a commencé à essayer de parler à la souris
Jadi dia mula cuba bercakap dengan tikus itu
« Oh Souris, sais-tu comment sortir de cette mare ? »
"Oh Tikus, adakah anda tahu jalan keluar dari kolam ini?"
« Je suis bien fatigué de nager ici, ô souris ! »
"Saya sangat bosan berenang di sini, Oh Mouse!"
La souris la regarda d'un air assez inquisiteur
Tikus itu memandangnya agak ingin tahu
La souris semblait cligner de l'œil avec l'un de ses petits yeux
Tikus itu seolah-olah mengedipkan mata dengan salah satu mata kecilnya
Mais la petite souris ne dit rien
tetapi tikus kecil itu tidak berkata apa-apa
« Peut-être la souris ne comprend-elle pas l'anglais », pensa Alice
"Mungkin tikus itu tidak mengerti bahasa Inggeris," fikir Alice
« J'ose dis-le que c'est une souris française »

"Saya berani katakan ia tikus Perancis"
« peut-être que cette souris est venue avec Guillaume le Conquérant »
"mungkin tikus ini datang bersama William the Conqueror"
Alors elle a recommencé, en français
Jadi dia bermula lagi, dalam bahasa Perancis
« Où est mon chat ? » a-t-elle demandé en français
"Di mana kucing saya?" tanya dia dalam bahasa Perancis
c'était la première phrase de son livre de leçons de français
ia adalah ayat pertama dalam buku pelajaran Perancisnya
La souris fit un saut soudain hors de l'eau
Tikus itu tiba-tiba melompat keluar dari air
et la souris semblait frémir de frayeur
dan tikus itu seolah-olah menggemetar kerana ketakutan
— Oh ! je vous demande pardon ! s'écria vivement Alice
"Oh, saya mohon maaf!" jerit Alice tergesa-gesa
Elle craignait d'avoir blessé les sentiments du pauvre animal
Dia takut bahawa dia telah menyakiti perasaan haiwan malang itu
« J'oubliais que tu n'aimais pas les chats »
"Saya agak lupa awak tidak suka kucing"
« Je n'aime pas les chats ! » cria la Souris d'une voix aiguë et passionnée
"Saya tidak suka kucing!" jerit Tikus dengan suara yang melengking dan bersemangat
« Voudrais-tu des chats, si tu étais moi ? »
"Adakah anda mahu kucing, jika anda saya?"
Alice réconforta la souris d'un ton apaisant
Alice menghiburkan tetikus itu dengan nada yang menenangkan
« Eh bien, peut-être que je n'aimerais pas non plus les chats si j'étais vous »
"Baiklah, mungkin saya tidak akan suka kucing jika saya jadi awak juga"
« S'il vous plaît, ne soyez pas en colère à propos de la mention des chats »
"Tolong jangan marah dengan sebutan kucing"

« Et pourtant, j'aimerais pouvoir te montrer notre chat
Dinah »
"Namun saya harap saya boleh menunjukkan kepada anda
kucing kami Dinah"
« Si vous la rencontriez, je pense que vous prendriez goût
aux chats »
"jika anda bertemu dengannya, saya rasa anda akan menyukai
kucing"
« Si seulement vous pouviez la voir »
"Jika anda hanya boleh melihatnya"
« Elle est une chose si chère et si calme »
"Dia adalah perkara yang sangat sayang dan pendiam"
La souris tremblait de partout
Tikus itu menggeletar di seluruh badan
Alice était certaine que la souris devait être vraiment
offensée
Alice berasa pasti tetikus itu mesti benar-benar tersinggung
« On ne parlera plus d'elle, si tu préfères ne pas le faire »
"Kami tidak akan bercakap tentang dia lagi, jika anda lebih
suka tidak"
« Nous, en effet ! » s'écria la Souris
"Kami, sememangnya!" jerit Tikus
La souris tremblait jusqu'au bout de sa queue
Tikus itu menggeletar ke hujung ekornya
« Comme si je voulais parler d'un tel sujet ! »
"Seolah-olah saya akan bercakap mengenai subjek
sedemikian!"
« Notre famille a toujours détesté les chats »
"Keluarga kami sentiasa membenci kucing"
"Les chats ; des choses méchantes, basses, vulgaires !
"kucing; Perkara yang jahat, rendah, kesat!"
« Ne me laissez plus entendre le nom ! »
"Jangan biarkan saya mendengar nama itu lagi!"
— Je ne parlerai plus des chats, en effet, dit Alice
"Saya tidak akan menyebut kucing lagi!" kata Alice
Elle était très pressée de changer de sujet
dia sangat tergesa-gesa untuk menukar subjek

"Êtes-vous... Aimez-vous les chiens ?

"Adakah awak... adakah anda suka anjing?"

« Il y a un petit chien si gentil près de notre maison, »

"Terdapat seekor anjing kecil yang bagus berhampiran rumah kami,"

« Je voudrais te montrer le petit chien ! »

"Saya ingin menunjukkan kepada anda anjing kecil itu!"

"Ce petit chien tue tous les rats et...

"Anjing kecil ini membunuh semua tikus dan...

« Oh ! mon Dieu ! » s'écria Alice d'un ton triste

"Oh, sayang!" jerit Alice dengan nada sedih

« J'ai peur de t'avoir encore offensé ! »

"Saya takut saya telah menyinggung perasaan awak lagi!"

La souris nageait loin d'elle aussi vite qu'elle le pouvait

Tikus itu berenang menjauhinya secepat yang boleh

et la souris fit tout un vacarme dans la mare

dan tikus itu membuat kekecohan di dalam kolam

Alors elle appela doucement la souris

Oleh itu, dia memanggil dengan lembut selepas tetikus itu

« Ma chère souris, s'il vous plaît, revenez ! »

"Tikus sayangku, sila kembali!"

« Et nous ne parlerons pas des chats »

"Dan kita tidak akan bercakap tentang kucing"

« Et nous n'avons pas non plus besoin de parler des chiens »

"Dan kita juga tidak perlu bercakap tentang anjing"

Quand la souris entendit cela, elle se retourna

Apabila tetikus mendengar ini, ia berpaling

et la petite souris nagea lentement vers elle

dan tikus kecil itu berenang perlahan-lahan kembali kepadanya

Le visage de la souris était assez pâle

Muka tikus itu agak pucat

et la souris parla d'une voix basse et tremblante

dan tikus itu bercakap, dengan suara rendah dan gemetar

« Allons à la rive »

"Mari kita pergi ke pantai"

« et ensuite je vous raconterai mon histoire »

"dan kemudian saya akan memberitahu anda sejarah saya"

« et vous comprendrez pourquoi c'est moi qui déteste les chats et les chiens »

"dan anda akan faham mengapa saya benci kucing dan anjing"

Il était grand temps de partir

Sudah tiba masanya untuk pergi

parce que la piscine devenait assez bondée

kerana kolam itu semakin sesak

D'autres oiseaux et animaux étaient tombés dans la mare

burung dan haiwan lain telah jatuh ke dalam kolam

il y avait un Canard et un Dodo

terdapat Itik dan Dodo

et il y avait un oiseau Lory et un aiglon

dan terdapat seekor burung Lory dan seekor Eaglet

et il y avait plusieurs autres créatures intéressantes

dan terdapat beberapa makhluk lain yang kelihatan menarik

Alice a ouvert la voie à la sortie de la piscine

Alice mengetuai jalan keluar dari kolam

et toute la troupe des animaux nagea jusqu'au rivage

dan seluruh kumpulan haiwan berenang ke pantai

<h1 style="text-align:center">Une course de caucus et une longue traîne</h1>

Perlumbaan kaukus dan ekor panjang

C'était en effet une bande d'animaux à l'allure amusante

Mereka sememangnya sekumpulan haiwan yang kelihatan lucu

et ils se rassemblèrent tous sur le bord de l'eau

dan mereka semua berkumpul di tebing air

Les oiseaux avaient tous des plumes débraillées

Burung-burung itu semua mempunyai bulu yang diseret

et les animaux à fourrure étaient trempés

dan haiwan berbulu itu basah kuyup

et tous étaient trempés, agacés et mal à l'aise

dan semua menitis basah, jengkel dan tidak selesa

Il y avait une question à laquelle il fallait répondre en premier

Terdapat satu soalan yang perlu dijawab terlebih dahulu

Quelle est la meilleure façon pour tout le monde de se sécher ?

Apakah cara terbaik untuk semua orang kering?

Ils ont tenu une consultation à ce sujet

Mereka telah berunding mengenai perkara ini

Bientôt, ils furent tous en bons termes

tidak lama kemudian mereka semua berada dalam istilah yang biasa

C'était comme si elle les avait connus toute sa vie

seolah-olah dia telah mengenali mereka sepanjang hidupnya

La souris semblait être une personne d'une certaine autorité

Tikus itu nampaknya seorang yang mempunyai kuasa tertentu

« Asseyez-vous, vous tous, et écoutez-moi ! »

"Duduklah, anda semua, dan dengar saya!

« Je vais bientôt vous faire sécher à nouveau ! »

"Saya akan membuat anda semua kering lagi!"

Ils s'assirent tous en même temps, dans un grand cercle

Mereka semua duduk serentak, dalam gelanggang besar

et la petite souris s'assit au milieu

dan tikus kecil itu duduk di tengah

« Hum ! » dit la souris d'un air important

"Ahem!" kata tikus itu dengan udara penting

« Êtes-vous tous prêts ? »

"Adakah anda semua bersedia?"

« C'est la chose la plus sèche que je connaisse »

"Ini adalah perkara paling kering yang saya tahu"

« Silence tout autour, s'il vous plaît ! »

"Diam di sekeliling, jika anda suka!"

« Guillaume le Conquérant était favorisé par le pape »

"William the Conqueror telah disukai oleh paus"

« mais il fut bientôt soumis par les Anglais »

"tetapi dia tidak lama kemudian diserahkan kepada orang Inggeris"

« Ils voulaient des leaders ces derniers temps »

"Mereka mahukan pemimpin akhir-akhir ini"

« et ils avaient été habitués au pouvoir et à la conquête »

"dan mereka telah terbiasa dengan kuasa dan penaklukan"

« Edwin et Morcar, les comtes de Mercie et de Northumbrie »

"Edwin dan Morcar, Earl Mercia dan Northumbria"

« Pouah ! » dit l'oiseau lori, avec un frisson

"Ugh!" kata burung lori itu, dengan menggigil

« et même Stigand, l'archevêque patriote de Cantorbéry »

"dan juga Stigand, uskup agung patriotik Canterbury"

« Il l'a également trouvé opportun »

"Dia juga mendapati ia dinasihatkan"

« Qu'a-t-il trouvé à propos ? » dit le canard

"Apa yang dia dapati dinasihatkan?" kata itik itu

— Il l'a trouvé opportun, répondit la souris d'un ton un peu contrarié

"Dia mendapati ia dinasihatkan," jawab tikus itu agak bersilang

Mais le canard n'était pas satisfait

Tetapi itik itu tidak berpuas hati

« Bien sûr, vous savez ce que 'it' signifie »

"Sudah tentu, anda tahu apa maksud 'itu'"

« Je sais ce que c'est quand je trouve quelque chose », dit le canard

"Saya tahu apa itu 'itu' apabila saya menemui sesuatu," kata itik itu

« C'est généralement une grenouille ou un ver »

"Ia biasanya katak atau cacing"

« La question est de savoir ce que l'archevêque a trouvé ?

"Persoalannya ialah, apa yang ditemui oleh uskup agung?"

La souris n'a pas remarqué cette question

Tetikus tidak menyedari soalan ini

Au lieu de cela, la souris continua précipitamment son discours

sebaliknya, tikus itu tergesa-gesa meneruskan ucapan itu

« il a jugé opportun d'aller avec Edgar Atheling »

"dia mendapati dinasihatkan untuk pergi dengan Edgar Atheling"

« pour rencontrer Guillaume et lui offrir la couronne »

"untuk bertemu William dan menawarkan mahkota kepadanya"

la souris continua, se tournant vers Alice pendant qu'elle parlait

tetikus itu meneruskan, berpaling kepada Alice semasa ia bercakap

« Comment allez-vous maintenant, ma chère ? »
"Bagaimana khabar awak sekarang, sayangku?"
– Aussi mouillée que jamais, dit Alice d'un ton mélancolique
"Basah seperti biasa," kata Alice dengan nada sedih
« Cette histoire n'a pas l'air de me tarir du tout »
"Cerita ini nampaknya tidak mengeringkan saya sama sekali"
— Dans ce cas, dit solennellement le dodo en se levant
"Dalam kes itu," kata dodo itu dengan sungguh-sungguh, bangkit berdiri.
« Je vote pour l'ajournement de la séance »
"Saya mengundi bahawa mesyuarat itu ditangguhkan"
« et je propose l'adoption immédiate de remèdes plus énergiques »
"dan saya mencadangkan penggunaan segera ubat-ubatan yang lebih bertenaga"
« Dis des paroles vraies ! » dit l'aiglon
"Ucapkan kata-kata sebenar!" kata helang itu
« Je ne connais pas le sens de la moitié de ces longs mots »
"Saya tidak tahu maksud separuh daripada kata-kata panjang itu"
et, qui plus est, je ne crois pas que vous le sachiez non plus !
"dan, lebih-lebih lagi, saya tidak percaya anda juga tahu!"
— Ce que j'allais dire, dit le dodo d'un ton offensé
"Apa yang akan saya katakan," kata dodo itu dengan nada tersinggung
« La meilleure chose à faire pour nous sécher serait une course au caucus »
"Perkara terbaik untuk mengeringkan kita ialah perlumbaan kaukus"
« Qu'est-ce qu'une course de caucus ? » demanda Alice
"Apa itu perlumbaan kaukus?" kata Alice

« Eh bien, » dit le dodo, « la meilleure façon de l'expliquer,
c'est de le faire »
"Baiklah," kata dodo, "cara terbaik untuk menjelaskannya
ialah melakukannya"
« D'abord, le dodo a tracé un parcours »
"Mula-mula dodo menandakan padang perlumbaan"
« La piste était dans une sorte de cercle »
"Trek itu berada dalam sejenis bulatan"
« Et puis tout le groupe a été placé le long du parcours »
"dan kemudian semua parti diletakkan di sepanjang laluan"
Il n'y avait pas de « Un, deux, trois et c'est parti ! »
Tiada "Satu, dua, tiga dan jauh!"
Mais ils ont commencé à courir quand ils voulaient
tetapi mereka mula berlari apabila mereka suka
et ils finissaient aussi quand ils le voulaient
dan mereka juga selesai apabila mereka suka
Il n'était donc pas facile de savoir quand la course était
terminée
Jadi tidak mudah untuk mengetahui bila perlumbaan berakhir
Après environ une demi-heure de course, ils étaient tous

assez secs

Selepas setengah jam atau lebih berlari, mereka semua agak kering

le dodo s'écria soudain : « La course est finie ! »

dodo tiba-tiba memanggil, "Perlumbaan telah berakhir!"

Et ils se pressèrent tous autour du Dodo

dan mereka semua bersesak di sekeliling dodo

Tous les animaux haletaient et soufflaient

semua haiwan tercungap-cungap dan terengah-engah

et tous voulaient savoir : « Mais qui a gagné ? »

dan mereka semua ingin tahu, "Tetapi siapa yang menang?"

Le dodo ne pouvait pas répondre immédiatement à cette question

Soalan ini dodo tidak dapat segera menjawab

D'abord, il a dû beaucoup réfléchir

Mula-mula dia terpaksa melakukan banyak pemikiran

Après mûre réflexion, le dodo finit par parler

Selepas banyak berfikir, Dodo akhirnya bercakap

« Tout le monde a gagné, et tous doivent avoir des prix »

"Semua orang telah menang, dan semua mesti mempunyai hadiah"

« Mais qui doit donner les prix ? » demanda un chœur de voix

"Tetapi siapa yang akan memberikan hadiah?" tanya korus suara

— Eh bien, elle, bien sûr, dit le dodo

"Baiklah, dia, tentu saja," kata dodo

et le dodo pointa d'un doigt vers Alice

dan dodo itu menunjuk dengan satu jari kepada Alice

et toute la troupe des animaux se pressait autour d'elle

dan seluruh kumpulan haiwan berkerumun di sekelilingnya

ils ont crié, d'une manière confuse : « Des prix ! Des prix !

mereka memanggil, dengan cara yang keliru, "Hadiah! Hadiah!"

Alice n'avait aucune idée de ce qu'elle devait faire

Alice tidak tahu apa yang perlu dilakukan

Désespérée, elle mit la main dans sa poche

dalam keputusasaan dia memasukkan tangannya ke dalam
poketnya
Et elle en sortit une boîte de bonbons
dan dia mengeluarkan sekotak gula-gula
Heureusement, l'eau salée n'était pas entrée dans la boîte
nasib baik air masin tidak masuk ke dalam kotak
et elle a distribué les bonbons comme prix
dan dia menyerahkan gula-gula itu sebagai hadiah
Il y avait exactement une pièce pour tout le monde
Terdapat betul-betul satu bahagian untuk semua orang
**La prochaine chose qu'ils devaient faire était de manger les
bonbons**
Perkara seterusnya yang perlu mereka lakukan ialah makan
gula-gula
Cela a causé du bruit et de la confusion
Ini menyebabkan sedikit bunyi bising dan kekeliruan
**Les grands oiseaux se plaignaient de ne pas pouvoir goûter
leurs bonbons**
burung-burung besar mengadu bahawa mereka tidak dapat
merasai gula-gula mereka
Les petits s'étouffaient et devaient être tapotés dans le dos
yang kecil tercekik dan terpaksa ditepuk di belakang
Cependant, c'était enfin fini
Walau bagaimanapun, ia akhirnya berakhir
Et ils se rassirent en cercle
dan mereka duduk semula dalam gelanggang
**et ils supplièrent la souris de leur dire quelque chose de
plus**
dan mereka merayu tikus untuk memberitahu mereka sesuatu
yang lebih
**— Vous m'avez promis de me raconter votre histoire, vous
savez, dit Alice**
"Anda berjanji untuk memberitahu saya sejarah anda, anda
tahu," kata Alice
et elle fit une autre petite remarque sur les chats à voix basse
dan dia membuat satu lagi kenyataan kecil tentang kucing
dalam bisikan

Elle ne voulait pas offenser à nouveau la souris
dia tidak mahu menyinggung perasaan tetikus itu lagi
la petite souris se tourna vers Alice et soupira
tikus kecil itu berpaling kepada Alice dan menghela nafas
« Ma conte est long et triste ! »
"Kisah saya adalah kisah yang panjang dan menyedihkan!"
— C'est une longue queue, certainement, dit Alice
"Ia adalah ekor yang panjang, pasti," kata Alice
et elle baissa les yeux avec étonnement sur la queue de la souris
dan dia melihat ke bawah dengan tertanya-tanya pada ekor tikus itu
« Mais pourquoi appelez-vous cela une queue triste ? »
"Tetapi mengapa anda memanggilnya ekor sedih?"
Et elle n'arrêtait pas de s'interroger à ce sujet pendant que la souris parlait
Dan dia terus membingungkan mengenainya semasa tikus itu bercakap
de sorte que son idée de l'histoire était quelque chose comme ceci
supaya ideanya tentang kisah itu adalah seperti ini

"Fury said to
a mouse, That
he met in the
house, 'Let
us both go
to law: *I*
will prosecute
you.—
Come, I'll
take no denial:
We must have
the trial;
For really
this morning
I've
nothing
to do.'
Said the
mouse to
the cur,
'Such a
trial, dear
sir, With
no jury
or judge,
would
be wasting
our
breath.'
'I'll be
judge,
I'll be
jury,'
said
cunning
old
Fury;
'I'll
try
the
whole
cause,
and
condemn
you to
death.'"

Fury dit à une souris : Qu'il s'est rencontré dans la maison.
Fury berkata kepada seekor tikus, Bahawa dia bertemu di
dalam rumah"
Allons tous les deux en justice, je vous poursuivrai
Marilah kita berdua pergi ke undang-undang: Saya akan
mendakwa anda
**Allons, je n'accepterai aucun démenti : il faut que nous
fassions l'épreuve**
Datanglah, saya tidak akan menafikan: Kita mesti mempunyai
perbicaraan
Car vraiment ce matin je n'ai rien à faire
Untuk benar-benar pagi ini saya tiada apa-apa untuk
dilakukan
Dit la souris au maudit ;
Kata tikus kepada kurir;

Un tel procès, cher monsieur, sans jury ni juge, nous ferait perdre notre souffle

Perbicaraan seperti itu, tuan yang dihormati, Tanpa juri atau hakim, akan membazirkan nafas kita

« Je serai juge, je serai jury », dit le vieux rusé Fury

"Saya akan menjadi hakim, saya akan menjadi juri," kata Fury tua yang licik

Je vais juger toute la cause, et je vous condamnerai à mort

Saya akan mencuba keseluruhan perjuangan, dan mengutuk anda hingga mati

la souris parla sévèrement à Alice

tikus itu bercakap dengan keras kepada Alice

« Tu ne fais pas attention ! »

"Anda tidak memberi perhatian!"

« À quoi pensez-vous ? »

"Apa yang kamu fikirkan?"

— Je vous demande pardon, dit Alice très humblement

"Saya mohon maaf," kata Alice dengan rendah hati

« Tu étais arrivé au cinquième virage, je crois ? »

"Anda telah sampai ke selekoh kelima, saya rasa?"

« Vous m'insultez en disant de telles bêtises ! »

"Awak menghina saya dengan bercakap omong kosong seperti itu!"

Et la souris se leva et s'éloigna

dan tikus itu bangun dan berjalan pergi

Alice appela la petite souris

Alice memanggil tikus kecil itu

« S'il vous plaît, revenez et terminez votre histoire ! »

"Sila kembali dan selesaikan cerita anda!"

Et les autres se joignirent tous en chœur

Dan yang lain semua menyertai korus

« Oui, s'il vous plaît, terminez votre histoire ! »

"Ya, tolong selesaikan cerita anda!"

Mais la souris se contenta de secouer la tête avec impatience

Tetapi tikus itu hanya menggelengkan kepalanya dengan tidak sabar

et la petite souris marchait un peu plus vite

dan tikus kecil itu berjalan sedikit lebih pantas

« Je voudrais bien avoir Dinah, notre chat, ici ! » dit Alice

"Saya harap saya mempunyai Dinah, kucing kami, di sini!"
kata Alice

Cela provoqua une sensation remarquable parmi le parti

Ini menyebabkan sensasi yang luar biasa di kalangan parti

Quelques-uns des oiseaux se hâtèrent de s'éloigner

Beberapa burung bergegas pergi sekaligus

et un canari appela d'une voix tremblante ses enfants ;

dan seekor Canary memanggil dengan suara gemetar, kepada
anak-anaknya;

« Allez-vous-en, mes chères ! »

"Pergilah, sayangku!"

« Il est grand temps que vous soyez tous au lit ! »

"Sudah tiba masanya anda semua berada di atas katil!"

Avec diverses excuses, ils sont tous partis

Dengan pelbagai alasan mereka semua pergi

et Alice se retrouva bientôt seule

dan Alice tidak lama kemudian ditinggalkan bersendirian

« J'aurais aimé ne pas avoir mentionné Dinah ! »

"Saya harap saya tidak menyebut Dinah!"

« Personne n'a l'air de l'aimer ici »

"Tiada siapa yang nampaknya menyukainya di sini"

« Mais je suis sûr que c'est la meilleure chatte du monde ! »

"tetapi saya pasti dia kucing terbaik di dunia!"

La pauvre Alice se remit à pleurer

Alice yang malang mula menangis lagi

parce qu'elle se sentait très seule et déprimée

kerana dia berasa sangat kesepian dan rendah semangat

**Au bout de peu de temps, cependant, elle entendit de
nouveau quelque chose**

Walau bagaimanapun, dalam beberapa ketika, dia sekali lagi
mendengar sesuatu

un petit bruit de pas au loin

sedikit bunyi langkah kaki di kejauhan

et elle leva les yeux avec impatience

dan dia mendongak dengan penuh semangat

Le lapin envoie le petit M. Bill
Arnab menghantar Encik Bill kecil

C'était le lapin blanc, qui revenait lentement au trot
Ia adalah arnab putih, berlari perlahan-lahan kembali lagi
Il regardait anxieusement autour de lui en chemin
dia melihat sekeliling dengan cemas semasa dia pergi
Il avait l'air d'avoir perdu quelque chose
dia kelihatan seolah-olah dia telah kehilangan sesuatu
Alice l'entendit marmonner pour lui-même
Alice mendengar dia bergumam pada dirinya sendiri
— La duchesse ! La Duchesse ! Oh, mes chères pattes !
"Duchess! The Duchess! Oh, kaki sayangku!"
« Oh, ma fourrure et mes moustaches ! »
"Oh, bulu dan misai saya!"
« Elle va me faire exécuter, j'en suis sûr »
"Dia akan membunuh saya, saya pasti akan itu"
« Aussi sûr que les furets sont des furets ! »
"Sama pasti musang adalah musang!"
« Où ai-je pu laisser tomber mes affaires, je me demande ? »
"Di mana saya boleh menjatuhkan barang-barang saya, saya

tertanya-tanya?"

Alice devina en un instant ce qu'il cherchait

Alice meneka dalam sekejap apa yang dia cari

Il cherchait l'éventail de plumes

Dia sedang mencari kipas bulu

et il cherchait la paire de gants blancs

dan dia sedang mencari sepasang sarung tangan putih itu

Elle se mit donc très gentiment à chercher les gants

jadi dia dengan baik hati mula mencari sarung tangan itu

Et elle chercha aussi l'éventail de plumes

dan dia juga mencari kipas bulu itu

Mais les gants et l'éventail de plumes étaient introuvables

tetapi sarung tangan dan kipas bulu tidak dapat dilihat

Tout semblait avoir changé depuis sa baignade dans la piscine

segala-galanya nampaknya telah berubah sejak dia berenang di kolam renang

Rien n'était pareil depuis qu'elle était dans la grande salle

Tiada apa yang sama sejak dia berada di dewan besar

et la table de verre avait disparu

dan meja kaca telah lenyap

Et la petite porte n'était pas là non plus

dan pintu kecil itu juga tidak ada di sana

Très vite, le lapin remarqua Alice

Tidak lama kemudian arnab itu menyedari Alice

Il l'appela d'un ton furieux

Dia memanggilnya dengan nada marah

« Mary Ann, que fais-tu ici ? »

"Mary Ann, apa yang kamu lakukan di sini?"

« Rentre chez toi à l'instant même »

"Lari pulang kali ini"

« Et apporte-moi une paire de gants et un éventail de plumes ! »

"Dan ambilkan saya sepasang sarung tangan dan kipas bulu!"

« Et faites vite ! »

"Dan cepat mengenainya!"

Alice se parlait à elle-même en s'enfuyant

Alice bercakap kepada dirinya sendiri semasa dia melarikan diri

— Il a dû me prendre pour sa femme de chambre !
"Dia pasti tersilap saya sebagai pembantu rumahnya!"
« Comme il sera surpris quand il découvrira qui je suis ! »
"Betapa terkejutnya dia apabila dia mengetahui siapa saya!"
En disant cela, elle tomba sur une petite maison soignée
Semasa dia mengatakan ini, dia terjumpa sebuah rumah kecil yang kemas
Sur la porte de la maison se trouvait une plaque de laiton brillant
Di pintu rumah itu terdapat plat tembaga terang
« W. LAPIN »
"W. ARNAB"
Elle entra sans frapper à la porte
Dia masuk tanpa mengetuk pintu
et elle se hâta de monter l'escalier
dan dia bergegas terus ke tingkat atas
elle craignait de rencontrer la vraie Mary Ann
dia bimbang bahawa dia mungkin bertemu dengan Mary Ann yang sebenar
parce qu'alors elle serait chassée de la maison
kerana kemudian dia akan dihalau keluar dari rumah
et elle ne pourrait pas trouver l'éventail de plumes et les gants
dan dia tidak akan dapat mencari kipas bulu dan sarung tangan
Alice s'était frayé un chemin dans une petite pièce bien rangée
Alice telah menemui jalan masuk ke dalam bilik kecil yang kemas
Dans la pièce, il y avait une table près de la fenêtre
di dalam bilik itu terdapat meja di tepi tingkap
et sur la table, il y avait un éventail de plumes
dan di atas meja terdapat kipas bulu
et il y avait deux ou trois paires de petits gants blancs
dan terdapat dua atau tiga pasang sarung tangan putih kecil

Elle ramassa l'éventail en plumes et une paire de gants
Dia mengambil kipas bulu dan sepasang sarung tangan
et elle allait quitter la pièce
dan dia baru sahaja hendak meninggalkan bilik
mais alors ses yeux tombèrent sur une petite bouteille
tetapi kemudian matanya tertuju pada botol kecil
Elle déboucha la bouteille et la porta à ses lèvres
Dia membuka tutup botol dan meletakkannya di bibirnya
« J'espère que cela me fera redevenir grand »
"Saya harap ia akan membuatkan saya membesar semula"
« J'en ai marre d'être une toute petite chose ! »
"Saya bosan menjadi perkara kecil seperti itu!"
Alice avait à peine bu la moitié de la bouteille
Alice hampir tidak minum separuh botol
Sa tête était déjà appuyée contre le plafond
kepalanya sudah menekan siling
et elle dut se baisser
dan dia terpaksa membungkuk
pour sauver son cou d'être brisé
untuk menyelamatkan lehernya daripada patah
Elle posa précipitamment la bouteille
Dia tergesa-gesa meletakkan botol itu
« C'est bien assez »
"Itu sudah cukup"
« J'espère que je ne grandirai plus »
"Saya harap saya tidak membesar lagi"
Hélas! Il était trop tard pour souhaiter cela !
Malangnya! Sudah terlambat untuk mengharapkan itu!
Elle n'a cessé de grandir
Dia terus berkembang dan berkembang
et très vite elle dut s'agenouiller sur le sol
dan tidak lama kemudian dia terpaksa berlutut di atas lantai
Et même alors, elle a continué à grandir
dan walaupun itu dia terus berkembang
Comme dernière ressource, elle passa un bras par la fenêtre
sebagai sumber terakhir dia meletakkan satu tangan di luar
tingkap

et elle mit un pied dans la cheminée
dan dia meletakkan satu kaki di atas cerobong
« Maintenant, je ne peux plus faire, quoi qu'il arrive »
"Sekarang saya tidak boleh berbuat apa-apa lagi, apa sahaja
yang berlaku"
« Que vais-je devenir ? »
"Apa yang akan berlaku kepada saya?"

Alice a eu un peu de chance
Alice mempunyai tempat yang bernasib baik
La petite bouteille magique avait fait son plein effet
botol ajaib kecil itu mempunyai kesan penuhnya
et Alice ne grandit pas plus qu'elle n'était
dan Alice membesar tidak lebih besar daripada dia
Au bout de quelques minutes, elle entendit une voix à
l'extérieur
Selepas beberapa minit dia mendengar suara di luar

et elle s'arrêta pour écouter la voix
dan dia berhenti untuk mendengar suara itu
« Mary Ann ! Mary Ann ! dit la voix
"Mary Ann! Mary Ann!" kata suara itu
« Apporte-moi mes gants tout de suite ! »
"Ambil saya sarung tangan saya saat ini!"
Puis vint un petit claquement de pieds dans l'escalier
Kemudian terdengar sedikit bunyi kaki di tangga
Alice savait que c'était le lapin qui venait la chercher
Alice tahu itu adalah arnab yang datang untuk mencarinya
et elle trembla jusqu'à faire trembler la maison
dan dia gemetar sehingga dia menggegarkan rumah
elle oublia tout à fait quelles étaient ses proportions
dia agak lupa apa perkadarannya
Elle était mille fois plus grosse que le lapin
dia seribu kali lebih besar daripada arnab
et elle n'avait aucune raison d'avoir peur d'un lapin
dan dia tidak mempunyai sebab untuk takut kepada arnab
Bientôt le lapin s'approcha de la porte
Tidak lama kemudian arnab itu datang ke pintu
et le petit lapin essaya d'ouvrir la porte
dan arnab kecil itu cuba membuka pintu
La porte a commencé à s'ouvrir vers l'intérieur
pintu mula terbuka ke dalam
mais le coude d'Alice était fortement appuyé contre la porte
tetapi siku Alice ditekan kuat pada pintu
Cette tentative s'est avérée un échec
percubaan itu terbukti gagal
Alice entendit le lapin se parler à lui-même
Alice mendengar arnab itu bercakap kepada dirinya sendiri
« Ensuite, je vais faire le tour et entrer par la fenêtre »
"Kalau begitu saya akan berkeliling dan masuk melalui
tingkap"
« Que tu ne le feras pas ! » pensa Alice
"Bahawa anda tidak akan!" fikir Alice
Et elle attendit encore un peu
dan dia menunggu sebentar lagi

Bientôt, elle entendit le lapin juste sous la fenêtre
Tidak lama kemudian dia mendengar arnab itu tepat di
bawah tingkap
Elle étendit soudain la main
dia tiba-tiba menghulurkan tangannya
et elle fit une prise en l'air
dan dia membuat ragut di udara
Elle n'a rien attrapé
Dia tidak mendapat apa-apa
mais elle entendit un petit cri et une chute
tetapi dia mendengar sedikit jeritan dan jatuh
et elle entendit un fracas de verre brisé
dan dia mendengar bunyi pecahan kaca
Peut-être le lapin était-il tombé
mungkin arnab itu telah jatuh
Peut-être était-il dans une serre
mungkin dia berada di rumah hijau
Puis vint une voix en colère ; La voix du lapin
Seterusnya datang suara marah; Suara arnab
« Pat, où es-tu ? »
"Pat, awak di mana?"
**Et puis vint une voix qu'elle n'avait jamais entendue
auparavant**
Dan kemudian terdengar suara yang tidak pernah dia dengar
sebelum ini
« Votre honneur, je suis là ! »
"Yang Berhormat, saya di sini!"
« Je creuse pour trouver des pommes »
"Saya sedang menggali epal"
« Ici ! Venez m'aider à m'en sortir !
"Di sini! Datang dan bantu saya daripada ini!"
**« Maintenant, dis-moi, Pat, qu'est-ce qu'il y a dans la fenêtre
? »**
"Sekarang beritahu saya, Pat, apa yang ada di tingkap?"
« Bien sûr, Votre Honneur, je vais vous le dire »
"Sudah tentu, Yang Berhormat, saya akan memberitahu anda"
« C'est un bras qui est dans la fenêtre ! »

"Ia adalah lengan yang ada di tingkap!"
« Eh bien, un bras n'a rien à faire là-bas »
"Baiklah, lengan tidak mempunyai urusan di sana"
« Va et enlève le bras ! »
"Pergi dan ambil lengan itu!"
Il y eut un long silence après cela
Terdapat kesunyian yang lama selepas ini
et Alice n'entendait que des chuchotements de temps en temps
dan Alice hanya dapat mendengar bisikan sekali-sekala
et enfin elle étendit de nouveau la main
dan akhirnya dia menghulurkan tangannya lagi
et elle fit une autre arrachée dans les airs
dan dia membuat satu lagi ragut di udara
Cette fois, il y eut deux petits cris
Kali ini terdapat dua jeritan kecil
et il y avait d'autres bruits de verre brisé
dan terdapat lebih banyak bunyi kaca pecah
« Je me demande ce qu'ils vont faire ensuite ! » pensa Alice
"Saya tertanya-tanya apa yang akan mereka lakukan seterusnya!" fikir Alice
« J'aimerais qu'ils me tirent par la fenêtre »
"Saya harap mereka akan menarik saya keluar tingkap"
Elle attendit un certain temps
Dia menunggu beberapa lama
Mais pendant un moment, elle n'entendit plus rien
tetapi untuk seketika dia tidak mendengar apa-apa lagi
Enfin, il y eut un grondement de petites roues
Akhirnya terdengar gemuruh roda kecil
et il y eut le son d'un bon nombre de voix
dan terdengar bunyi banyak suara yang baik
Toutes les voix parlaient ensemble
Semua suara bercakap bersama
Elle pouvait distinguer certaines des paroles
Dia boleh memahami beberapa perkataan
« Où est l'autre échelle ? »
"Di mana tangga yang lain?"

« Bill a l'autre échelle »
"Bill mempunyai tangga yang lain"
« Bill, viens ici ! »
"Bill, datang ke sini!"
« Le toit va-t-il supporter le fardeau ? »
"Adakah bumbung akan menanggung beban?"
« Qui veut descendre par la cheminée ? »
"Siapa yang mahu turun ke cerobong?"
— Non, je ne le ferai pas ! Vous le faites !
"Tidak, saya tidak akan! Anda berjaya!"
« Tiens, Bill ! »
"Ini, Bill!"
« Le maître dit qu'il faut descendre par la cheminée ! »
"Tuan mengatakan anda perlu turun ke cerobong!"
Alice descendit son pied aussi loin qu'elle le put dans la cheminée
Alice menarik kakinya sejauh yang dia boleh ke bawah cerobong
Et puis elle attendit de voir ce qui allait arriver
dan kemudian dia menunggu untuk melihat apa yang akan berlaku
Elle entendit un petit animal gratter et se débattre
dia mendengar seekor haiwan kecil menggaru dan berebut
Le petit animal doit être dans la cheminée
haiwan kecil itu mesti berada di dalam cerobong
Puis elle donna un coup de pied sec
Kemudian dia memberikan satu tendangan tajam
et elle attendit de voir ce qui allait se passer ensuite
dan dia menunggu untuk melihat apa yang akan berlaku seterusnya
Elle entendit un chœur général de voix
dia mendengar paduan suara umum
« Voilà Bill ! » dirent-ils tous
"Ada Bill!" kata mereka semua
Puis elle entendit la voix du lapin seule
Kemudian dia mendengar suara arnab itu sahaja
« Toi par la haie, attrape-le ! »

"Kamu di pagar, tangkap dia!"
Il y eut un autre moment de silence
Terdapat satu lagi keheningan
Et puis il y eut une autre confusion de voix
dan kemudian terdapat satu lagi kekeliruan suara
« Lève la tête, Brandy »
"Angkat kepalanya, Brandy"
« Attention à ne pas l'étouffer »
"Berhati-hati agar tidak mencekiknya"
« Qu'est-ce qui t'est arrivé ? »
"Apa yang berlaku kepada awak?"
Enfin, une petite voix faible et grinçante est apparue
Terakhir datang suara yang sedikit lemah dan mencicit
« Eh bien, je n'en sais presque pas plus »
"Baiklah, saya hampir tidak tahu lagi"
« merci à tous, je vais mieux maintenant »
"Terima kasih semua, saya lebih baik sekarang"
« il y a une chose dont je peux me souvenir »
"ada satu perkara yang saya boleh ingat"
« Quelque chose vient à moi comme un train dans un tunnel »
"Sesuatu datang kepada saya seperti kereta api di dalam terowong"
« Et je vole comme une fusée ! »
"dan ke atas saya terbang seperti roket langit!"
Il y eut une minute ou deux de silence
Terdapat satu atau dua minit kesunyian
puis ils ont recommencé à se déplacer
dan kemudian mereka mula bergerak semula
et Alice entendit de nouveau le Lapin parler
dan Alice mendengar Arnab bercakap lagi
« Une brouette fera l'affaire, pour commencer »
"Seorang barrowful akan berjaya, sebagai permulaan"
« Une brouette pleine de quoi ? » pensa Alice
"Satu barrowful dari apa?" fikir Alice
Mais elle ne fut pas tenue en suspens longtemps
Tetapi dia tidak disimpan dalam ketegangan untuk masa yang

lama
Une pluie de petits cailloux est passée par la fenêtre
hujan kerikil kecil datang melalui tingkap
et quelques petits cailloux l'ont frappée au visage
dan beberapa kerikil kecil memukul mukanya
Alice fut surprise par les petits cailloux
Alice terkejut dengan kerikil kecil itu
Tous les petits cailloux se transformaient en gâteaux
semua kerikil kecil bertukar menjadi kek
et une idée lumineuse lui vint à l'esprit
dan idea cemerlang muncul di kepalanya
« Je devrais manger un de ces gâteaux »
"Saya patut makan salah satu daripada kek ini"
« Le gâteau ne manquera pas de faire changer ma taille »
"kek pasti membuat sedikit perubahan dalam saiz saya"
Alors elle a avalé l'un des gâteaux
Jadi dia menelan salah satu kek
et elle fut ravie de constater qu'elle commençait à rétrécir
dan dia gembira mendapati bahawa dia mula mengecut
Bientôt, elle fut assez petite pour franchir la porte
tidak lama kemudian dia cukup kecil untuk melalui pintu
Elle s'est enfuie de la maison
dia berlari keluar dari rumah
Une foule de petits animaux et d'oiseaux attendaient dehors
sekumpulan haiwan kecil dan burung sedang menunggu di luar
tous les petits oiseaux et les petits animaux se précipitèrent sur Alice
semua burung kecil dan haiwan bergegas ke arah Alice
Mais elle s'enfuit aussi vite qu'elle le put
tetapi dia melarikan diri secepat yang dia boleh
et bientôt elle se trouva en sécurité dans un bois épais
dan tidak lama kemudian dia mendapati dirinya selamat di dalam hutan tebal
Alice errait dans les bois
Alice berkeliaran di dalam hutan
Et elle pensa en elle-même :

dan dia berfikir:

« Je sais ce que je dois faire en premier »

"Saya tahu apa yang perlu saya lakukan dahulu"

« Je dois d'abord grandir à ma bonne taille »

"mula-mula saya perlu membesar ke saiz yang betul semula"

« et puis je dois trouver mon chemin dans ce joli jardin »

"dan kemudian saya perlu mencari jalan ke taman yang indah itu"

« Je suppose que je devrais manger ou boire quelque chose ou autre »

"Saya rasa saya patut makan atau minum sesuatu atau lain-lain"

« Mais la question est de savoir ce que je dois manger ou boire ? »

"tetapi persoalannya ialah apa yang patut saya makan atau minum?"

Alice regarda tout autour d'elle les fleurs

Alice melihat sekelilingnya pada bunga-bunga

et elle regarda à travers les brins d'herbe

dan dia melihat melalui bilah rumput

mais elle ne voyait rien à manger ni à boire

tetapi dia tidak dapat melihat apa-apa untuk dimakan atau diminum

Rien ne semblait être la bonne chose à manger ou à boire

tiada apa yang kelihatan seperti perkara yang betul untuk dimakan atau diminum

Il y avait un gros champignon qui poussait près d'elle

Terdapat cendawan besar yang tumbuh berdekatan dengannya

le champignon était à peu près de la même taille qu'Alice

cendawan itu kira-kira sama ketinggian dengan Alice

Elle s'étira sur la pointe des pieds

Dia meregangkan dirinya dengan berjinjit

Et elle jeta un coup d'œil par-dessus le bord du champignon

dan dia mengintip ke tepi cendawan

Ses yeux rencontrèrent immédiatement les yeux d'une grande chenille bleue

Matanya segera bertemu dengan mata ulat biru yang besar
La chenille était assise sur le sommet du champignon
Ulat itu duduk di atas cendawan
et la chenille avait croisé tous ses bras
dan ulat itu telah menyilangkan semua tangannya
et il fumait tranquillement un long narguilé
dan dia diam-diam menghisap hookah panjang
et il ne faisait pas la moindre attention à rien
dan dia tidak mengambil perhatian sedikit pun tentang apa-apa
et il n'a certainement pas fait attention à Alice
dan dia pastinya tidak memberi perhatian kepada Alice

Les conseils d'une chenille

Nasihat daripada ulat

Finalement, la chenille a retiré le narguilé de sa bouche

Akhirnya ulat itu mengeluarkan hookah dari mulutnya

et il s'adressa à Alice d'une voix languissante et endormie

dan dia bercakap kepada Alice dengan suara lesu dan mengantuk

« Qui es-tu ? » demanda la chenille

"Siapa kamu?" kata ulat itu

Alice a répondu, plutôt timidement : « Je sais à peine, monsieur. »

Alice menjawab, agak malu-malu, "Saya hampir tidak tahu, tuan"

« Juste pour le moment, c'est un peu... »

"Hanya pada masa ini semuanya sedikit..."

« Je sais qui j'étais quand je me suis levé ce matin" »

"Saya tahu siapa saya ketika saya bangun pagi ini""

« mais je pense que j'ai dû changer plusieurs fois depuis »

"tetapi saya rasa saya mesti berubah beberapa kali sejak itu"

« Qu'est-ce que tu veux dire par là ? » dit la chenille

"Apa maksud awak dengan itu?" kata ulat itu
sévèrement, la chenille lui demanda de s'expliquer
dengan tegas ulat itu memintanya untuk menjelaskan dirinya
**— Je ne peux pas m'expliquer, j'en ai peur, monsieur, dit
Alice**
"Saya tidak boleh menjelaskan diri saya, saya takut, tuan,"
kata Alice
« parce que je ne suis pas moi-même »
"kerana saya bukan diri saya sendiri"
**« Vous voyez, être de tant de tailles différentes en une
journée, c'est très déroutant »**
"Anda lihat, menjadi begitu banyak saiz yang berbeza dalam
sehari sangat mengelirukan"
Elle se redressa et dit très gravement :
Dia menarik dirinya dan berkata dengan sangat serius:
« Je pense que tu devrais me dire qui tu es, en premier »
"Saya rasa anda harus memberitahu saya siapa anda, terlebih
dahulu"
« Pourquoi ? » demanda la chenille
"Kenapa?" kata ulat itu
Alice ne voyait aucune bonne raison
Alice tidak dapat memikirkan apa-apa alasan yang baik
**et la chenille semblait être dans un état d'esprit très
désagréable**
dan ulat itu nampaknya berada dalam keadaan fikiran yang
sangat tidak menyenangkan
alors elle s'en retourna
jadi dia berpaling
« Reviens ! » la chenille l'appela
"Kembali!" ulat itu memanggilnya
« J'ai quelque chose d'important à dire ! »
"Saya ada sesuatu yang penting untuk dikatakan!"
Alice se retourna et revint
Alice berpaling dan kembali lagi
« Garde ton sang-froid », dit la chenille
"Kekalkan sabarmu," kata ulat itu
— C'est tout ? dit Alice

"Adakah itu sahaja?" kata Alice

Et elle ravala sa colère de son mieux

dan dia menelan kemarahannya sebaik mungkin

« Non, » dit la chenille

"Tidak," kata ulat itu

La chenille déplia ses bras

Ulat itu membuka tangannya

Et il retira le narguilé de sa bouche

dan dia mengeluarkan hookah dari mulutnya sekali lagi

et il a dit : « Vous pensez donc que vous avez changé, n'est-ce pas ? »

dan dia berkata, "Jadi anda fikir anda telah berubah, bukan?"

— J'ai peur, je suis changée, monsieur, dit Alice

"Saya takut, saya berubah, tuan," kata Alice

« Je ne me souviens plus des choses comme je m'en souvenais »

"Saya tidak dapat mengingati perkara seperti yang saya ingat dulu"

« et je ne reste pas plus de dix minutes de la même taille ! »

"dan saya tidak kekal pada saiz yang sama selama lebih dari sepuluh minit!"

« Quelle taille veux-tu faire ? » demanda la chenille

"Saiz apa yang anda mahukan?" tanya ulat itu

— Oh, ma taille ne me dérange pas particulièrement, répondit vivement Alice

"Oh, saya tidak kisah saiz saya," jawab Alice tergesa-gesa

« Je n'aime pas changer de taille si souvent, vous savez »

"Saya hanya tidak suka menukar saiz terlalu kerap, anda tahu"

« J'aimerais être un peu plus grand, monsieur »

"Saya mahu menjadi lebih besar sedikit, tuan"

— Si cela ne vous dérange pas, ajouta Alice

"jika anda tidak keberatan," tambah Alice

« Dix centimètres, c'est une taille si misérable »

"Sepuluh sentimeter adalah ketinggian yang menyedihkan"

« C'est une très bonne hauteur en effet ! » dit la chenille avec colère

"Ia memang ketinggian yang sangat baik!" kata ulat itu

dengan marah
et il se redressa tout en parlant
dan dia bangkit tegak semasa dia bercakap
Il mesurait exactement dix centimètres de haut
dia betul-betul sepuluh sentimeter tinggi
Au bout d'une minute ou deux, la chenille s'est détachée du champignon
Dalam satu atau dua minit, ulat itu turun dari cendawan
et il s'enfonça en rampant dans l'herbe
dan dia merangkak pergi ke rumput
En s'éloignant, il fit quelques petites remarques
Semasa dia pergi, dia membuat beberapa kenyataan kecil
« Un côté vous fera grandir »
"Satu sisi akan membuatkan anda bertambah tinggi"
« Et l'autre côté te fera rapetisser »
"Dan pihak lain akan membuatkan anda semakin pendek"
« Un côté de quoi ? » pensa Alice en elle-même
"Satu sisi apa?" fikir Alice pada dirinya sendiri
« L'autre côté de quoi ? »
"Sisi lain dari apa?"
« Le côté du champignon », dit la chenille
"Bahagian tepi cendawan," kata ulat itu
C'était comme si elle avait posé sa question à haute voix
seolah-olah dia telah bertanya soalannya dengan kuat
et un instant plus tard, il fut hors de vue
dan pada saat lain, dia hilang dari pandangan
Alice resta pensivement à regarder le champignon
Alice tetap melihat cendawan itu dengan berfikir
Elle essayait de distinguer quels étaient les deux côtés du champignon
Dia cuba melihat yang mana dua sisi cendawan itu
Enfin, elle étendit ses bras autour du champignon
Akhirnya dia menghulurkan tangannya di sekeliling cendawan
Et elle cassa un peu les bords
dan dia mematahkan sedikit tepi
« Et maintenant, de quel côté est-ce ? » se dit-elle

"Dan sekarang, pihak mana yang mana?" katanya kepada dirinya sendiri

et elle grignota un peu du mors de la main droite

dan dia menggigit sedikit bahagian tangan kanan

L'instant d'après, elle sentit un violent coup sous son menton

Pada saat berikutnya dia merasakan pukulan ganas di bawah dagunya

Son menton avait heurté son pied !

dagunya telah memukul kakinya!

Elle fut bien effrayée par ce changement très soudain

Dia sangat takut dengan perubahan yang sangat tiba-tiba ini

Elle rétrécissait très rapidement

dia mengecut dengan cepat

Alors elle a rapidement mangé un peu de l'autre morceau de champignon

jadi dia dengan cepat memakan sedikit cendawan yang lain

Son menton était très serré contre son pied

Dagunya ditekan dengan sangat rapat pada kakinya

Il y avait à peine de la place pour ouvrir la bouche

hampir tidak ada ruang untuk membuka mulutnya

mais elle parvint enfin à ouvrir la bouche

tetapi dia akhirnya berjaya membuka mulutnya

et elle avala un morceau du mors de la main gauche

dan dia menelan sekeping bit tangan kiri

« Ma tête a enfin été libérée ! » dit Alice

"Kepala saya akhirnya dibebaskan!" kata Alice

Elle baissa les yeux sur elle-même

Dia memandang ke bawah pada dirinya sendiri

mais tout ce qu'elle pouvait voir, c'était une immense longueur de cou

tetapi apa yang dia boleh lihat hanyalah leher yang sangat panjang

Son cou semblait se dresser comme une tige

lehernya seolah-olah naik seperti tangkai

et elle baissa les yeux sur une mer de feuilles vertes

dan dia melihat ke bawah lautan daun hijau

« Où sont passées mes épaules ? »

"Ke mana bahu saya pergi?"

« Et oh, mes pauvres mains, comment se fait-il que je ne puisse pas vous voir ? »

"Dan oh, tangan saya yang malang, bagaimana saya tidak dapat melihat awak?"

Mais son cou avait un avantage

tetapi lehernya mempunyai satu faedah

Elle pouvait bouger la tête dans n'importe quelle direction

dia boleh menggerakkan kepalanya ke mana-mana arah

En fait, elle était comme un serpent

sebenarnya, dia seperti ular

Elle zigzague gracieusement, la tête baissée

dia dengan anggun zigzag menundukkan kepalanya

et elle remua la tête à travers les arbres

dan dia menggerakkan kepalanya melalui pokok-pokok

Mais elle entendit alors un sifflement aigu

tetapi kemudian dia mendengar desisan tajam

Et elle tira rapidement la tête en arrière

dan dia dengan cepat menarik kepalanya ke belakang

Un gros pigeon lui avait volé au visage

seekor merpati besar telah terbang ke mukanya

et le pigeon était violemment avec ses ailes

dan merpati itu dengan ganas dengan sayapnya

« Serpent ! » cria le pigeon
"Ular!" jerit merpati itu
« Je ne suis pas un serpent ! » dit Alice avec indignation
"Saya bukan ular!" kata Alice marah
« Laisse-moi tranquille ! »
"Tinggalkan saya sendirian!"
« J'ai essayé les racines des arbres »
"Saya telah mencuba akar pokok"
— Et j'ai essayé des haies, continua le pigeon
"dan saya telah mencuba lindung nilai," merpati itu
meneruskan
« Mais ces serpents ! Il n'y a pas moyen de leur plaire !
"Tetapi ular-ular itu! Tidak ada yang menggembirakan
mereka!"
Alice était de plus en plus perplexe
Alice semakin hairan
« Comme si ce n'était pas assez compliqué de faire éclore les
œufs », a déclaré le pigeon
"Seolah-olah tidak cukup menyusahkan menetas telur," kata

merpati itu

« **Nuit et jour, je dois aussi faire attention aux serpents !** »

"Pada siang dan malam saya mesti berhati-hati dengan ular juga!"

« **Je venais de trouver l'arbre le plus haut de la forêt** »

"Saya baru sahaja menemui pokok tertinggi di hutan"

« **Je serais sûrement libre des serpents ici ?** »

"pasti saya akan bebas daripada ular di sini?"

« **Et un serpent sort du ciel ! »**

"Dan keluar seekor ular dari langit!"

« **Mais je ne suis pas un serpent, je vous le dis ! » dit Alice**

"Tetapi saya bukan ular, saya beritahu anda!" kata Alice

"Je suis un... Je suis un... Je suis une petite fille, ajouta-t-elle d'un air un peu dubitatif

"Saya... Saya seorang ... Saya seorang gadis kecil," tambahnya agak ragu-ragu

Après tout, elle avait traversé beaucoup de changements

dia telah melalui banyak perubahan

« **Tu cherches des œufs », dit le pigeon**

"Kamu sedang mencari telur," kata merpati itu

« **Je le sais pertinemment »**

"Saya tahu itu untuk fakta"

« **Et qu'importe que vous soyez une petite fille ou un serpent ? »**

"Dan apa pentingnya jika anda seorang gadis kecil atau ular?"

— Cela m'importe beaucoup, dit Alice à la hâte

"Ia sangat penting bagi saya," kata Alice tergesa-gesa

« **mais je ne cherche pas d'œufs, en l'occurrence »**

"tetapi saya tidak mencari telur, seperti yang berlaku"

« **et je ne voudrais pas de tes œufs de toute façon »**

"dan saya tidak mahu telur awak pula"

« **Je n'aime pas mes œufs crus »**

"Saya tidak suka telur saya mentah"

« **Eh bien, allez-vous-en ! » dit le pigeon d'un ton boudeur**

"Baiklah, pergilah!" kata merpati itu dengan nada cemberut

et le pigeon se posa de nouveau dans son nid

dan merpati itu menetap semula ke dalam sarangnya

Alice s'accroupit parmi les arbres du mieux qu'elle put
Alice berjongkok di antara pokok-pokok sebaik mungkin
Son cou ne cessait de s'emmêler parmi les branches
lehernya terus terjerat di antara dahan
De temps en temps, elle devait s'arrêter et se tordre le cou
sekali-sekala dia terpaksa berhenti dan melepaskan lehernya
Au bout d'un moment, elle se souvint du champignon
Selepas beberapa ketika dia teringat cendawan itu
Elle tenait toujours les morceaux de champignon dans ses mains
dia masih memegang kepingan cendawan di tangannya
et elle se mit à l'œuvre avec beaucoup de soin
dan dia mula bekerja dengan sangat berhati-hati
D'abord, elle a grignoté un morceau
Mula-mula dia menggigit sekeping
puis elle grignota l'autre morceau
dan kemudian dia menggigit sekeping yang lain
Parfois, elle grandissait
kadang-kadang dia semakin tinggi
et parfois elle devenait plus petite
dan kadang-kadang dia menjadi lebih pendek
Mais finalement, elle a atteint sa taille habituelle
tetapi akhirnya dia mencapai ketinggian biasa
Elle n'avait pas été de sa taille depuis un certain temps
dia tidak mempunyai ketinggiannya sendiri untuk beberapa waktu
Tout m'a semblé étrange pendant un moment
jadi semuanya terasa pelik untuk seketika
« La prochaine chose à faire est d'entrer dans ce beau jardin »
"Perkara seterusnya yang perlu dilakukan ialah masuk ke taman yang indah itu"
« Comment cela se fera-t-il, je me demande ? »
"bagaimana itu boleh dilakukan, saya tertanya-tanya?"
En disant cela, elle tomba sur un endroit ouvert
Semasa dia mengatakan ini, dia terjumpa tempat terbuka
Il y avait une petite maison, un peu plus haute qu'un mètre

Terdapat sebuah rumah kecil, sedikit lebih tinggi daripada satu meter

« Je me demande qui habite cette petite maison »

"Saya tertanya-tanya siapa yang tinggal di rumah kecil ini"

« Je ne peux certainement pas y aller aussi grand que je le suis »

"Saya pasti tidak boleh masuk sebesar saya"

« Je les effrayerais terriblement ! »

"Saya akan menakutkan mereka dengan teruk!"

alors elle grignota à nouveau le petit champignon

jadi dia menggigit cendawan kecil itu lagi

et bientôt elle s'abaissa de trente centimètres

dan tidak lama kemudian dia menurunkan dirinya tiga puluh sentimeter

Pendant une minute ou deux, elle resta à regarder la maison

Selama satu atau dua minit dia berdiri memandang rumah itu

Soudain, un valet de pied sortit en courant des bois

Tiba-tiba seorang pejalan kaki berlari keluar dari hutan

Il portait un uniforme de livrée spécial

dia memakai pakaian seragam livery khas

à en juger par son seul visage, elle l'aurait traité de poisson

berdasarkan wajahnya sahaja, dia akan memanggilnya ikan

et il frappa bruyamment à la porte avec ses jointures

dan dia mengetuk pintu dengan kuat dengan buku-buku jarinya

La porte fut ouverte par un autre valet de pied

pintu dibuka oleh seorang lagi pejalan kaki

Ce valet de pied portait également une livrée spéciale

Footman ini juga memakai livery khas

Ce valet de pied avait un visage rond et de grands yeux comme une grenouille

Footman ini mempunyai muka bulat dan mata besar seperti katak

C'est le valet de pied qui ressemblait à un poisson qui a
initié la cérémonie
Kaki yang kelihatan seperti ikan memulakan upacara itu
Il sortit quelque chose de sous son bras
dia mengeluarkan sesuatu dari bawah kemaluannya
et il tira de dessous son bras une enveloppe
dan dia mengeluarkan dari bawah lengannya sampul surat
et cette enveloppe, il la remit à l'autre valet de pied
dan sampul surat ini dia serahkan kepada kaki yang lain
D'un ton cérémoniel, il lui donna les ordres
Dengan nada istiadat dia memberitahunya perintah itu
« Ce message s'adresse à la duchesse »
"Mesej ini untuk Duchess"
« Une invitation de la reine à jouer au croquet »
"Jemputan daripada ratu untuk bermain kroket"
**Le valet de pied qui ressemblait à une grenouille répéta
l'ordre**
Kaki yang kelihatan seperti katak mengulangi perintah itu
« De la reine »
"Daripada Ratu"
« Une invitation »
"jemputan"
« pour la duchesse »
"untuk Duchess"
« Jouer au croquet »
"Bermain kroket"
Puis ils s'inclinèrent tous les deux
Kemudian mereka berdua tunduk rendah
et les boucles de leurs perruques s'emmêlèrent
dan keriting di rambut palsu mereka terjerat bersama
**Bientôt, le valet de pied qui ressemblait à un poisson a
disparu**
tidak lama kemudian kaki yang kelihatan seperti ikan telah
hilang
**Mais le valet de pied qui ressemblait à une grenouille était
toujours là**
tetapi kaki yang kelihatan seperti katak masih ada di sana

Il était assis par terre près de la porte

dia duduk di tanah berhampiran pintu

Il regardait bêtement le ciel

dia merenung dengan bodoh ke langit

Alice s'approcha timidement de la porte et frappa

Alice dengan malu-malu pergi ke pintu dan mengetuk

— Il ne sert à rien de frapper, dit le valet de pied

"Tidak ada gunanya mengetuk," kata kaki itu

« Et ce, pour deux raisons »

"Dan itu kerana dua sebab"

« D'abord, parce que je suis du même côté de la porte que toi »

"Pertama, kerana saya berada di sebelah pintu yang sama dengan awak"

« Deuxièmement, parce qu'ils font tellement de bruit à l'intérieur »

"Kedua, kerana mereka membuat begitu banyak bising di dalam"

« Personne ne pouvait vous entendre »

"Tiada siapa yang mungkin mendengar awak"

Et il y avait certainement un bruit des plus extraordinaires à l'intérieur

Dan pastinya ada bunyi yang paling luar biasa berlaku di dalam

des hurlements et des éternuements constants

lolongan dan bersin yang berterusan

et de temps en temps un bruit de grand fracas

dan sekali-sekala bunyi rempuhan yang hebat

comme si un plat ou une bouilloire avait été brisé en morceaux

seolah-olah pinggan mangkuk atau cerek telah pecah berkeping-keping

« Comment vais-je entrer ? » demanda Alice

"Bagaimana saya boleh masuk?" tanya Alice

— Faut-il que tu entres ? dit le valet de pied

"Patutkah anda masuk sama sekali?" kata kaki itu

« C'est la première question, vous savez »

"Itulah soalan pertama, anda tahu"

Alice ouvrit la porte et entra

Alice membuka pintu dan masuk

La porte menait directement à une grande cuisine

Pintu itu menghala terus ke dapur besar

La cuisine était pleine de fumée d'un bout à l'autre

dapur penuh dengan asap dari satu hujung ke hujung yang lain

au milieu de la cuisine se trouvait la duchesse

di tengah-tengah dapur ialah Duchess

Elle était assise sur un tabouret à trois pieds

dia sedang duduk di atas bangku berkaki tiga

et elle allaitait un bébé

dan dia sedang menyusukan bayi

Le cuisinier était penché au-dessus du feu

tukang masak itu bersandar di atas api

Il remuait un grand chaudron

dia sedang mengacau sebuah kaldron besar

et le chaudron semblait être plein de soupe

dan kaldron itu kelihatan penuh dengan sup

« Il y a certainement trop de poivre dans cette soupe ! » Alice se dit

"Sudah tentu terlalu banyak lada dalam sup itu!" Alice berkata pada dirinya sendiri

Elle l'a dit du mieux qu'elle a pu sans éternuer

Dia mengatakannya sebaik mungkin tanpa bersin

Même la duchesse éternuait de temps en temps

Malah Duchess bersin sekali-sekala

Mais les actions du bébé étaient les plus remarquables

Tetapi tindakan bayi itu adalah yang paling patut diberi perhatian

Le bébé éternuait et hurlait alternativement

bayi itu bersin dan melolong secara bergilir-gilir

Il n'y avait pas un instant de pause entre les hurlements et les éternuements

tidak ada jeda seketika antara melolong dan bersin

Il y avait deux créatures dans la cuisine qui n'éternuaient

pas
Terdapat dua makhluk di dapur yang tidak bersin
Le cuisinier était trop occupé pour éternuer
tukang masak terlalu sibuk untuk bersin
et le gros chat ne semblait pas se soucier du poivre
dan kucing besar itu nampaknya tidak keberatan dengan lada
Au lieu de cela, le gros chat souriait d'une oreille à l'autre
sebaliknya, kucing besar itu tersenyum dari telinga ke telinga
— Pourriez-vous me le dire, s'il vous plaît, dit Alice un peu timidement
"Tolong beritahu saya," kata Alice, sedikit malu-malu
« Pourquoi ton chat sourit-il comme ça ? »
"Kenapa kucing awak tersenyum seperti itu?"
« C'est un Cheshire-Cat, » dit la duchesse
"Ia Kucing Cheshire," kata Duchess
« Et c'est pourquoi il sourit d'une oreille à l'autre »
"Dan itulah sebabnya dia tersenyum dari telinga ke telinga"
« Je ne savais pas qu'un Cheshire-Cat souriait toujours »
"Saya tidak tahu bahawa Cheshire-Cat sentiasa tersenyum"
« En fait, je ne savais pas que les chats pouvaient sourire », a déclaré Alice
"sebenarnya, saya tidak tahu bahawa kucing boleh tersenyum," kata Alice
— Il y a beaucoup de choses que vous ne savez pas, dit la duchesse
"Ada banyak yang anda tidak tahu," kata Duchess
« Il y a beaucoup de choses que vous ne savez pas et c'est un fait »
"Terdapat banyak yang anda tidak tahu dan itu fakta"
Juste à ce moment-là, le cuisinier retira le chaudron de soupe du feu
Sejurus kemudian tukang masak mengeluarkan kuali sup dari api
et aussitôt, elle commença à jeter tout ce qui était à sa portée
dan serta-merta dia mula melemparkan segala-galanya dalam jangkauannya
elle jeta tout ce qu'elle put sur la duchesse et le bébé

dia melemparkan semua yang dia boleh kepada Duchess dan bayi itu
D'abord, elle jeta les fers à feu
mula-mula dia melemparkan besi api
Puis elle a jeté une poignée de casseroles
Kemudian dia melemparkan segenggam periuk
et enfin elle jeta les assiettes et les plats
dan akhirnya dia membaling pinggan dan pinggan mangkuk
La duchesse ne fit pas attention à elle
Duchess tidak memperhatikannya
Même lorsqu'elle a été frappée par une assiette, elle ne s'est pas inquiétée
Walaupun dia dipukul oleh pinggan, dia tidak bimbang
Le bébé hurlait déjà tellement
bayi itu sudah melolong begitu banyak
Il était donc impossible de dire si les coups blessaient le bébé ou non
Jadi mustahil untuk mengatakan sama ada pukulan itu menyakiti bayi atau tidak
« Oh, je vous en prie, faites attention à ce que vous faites ! » s'écria Alice
"Oh, sila fikirkan apa yang kamu lakukan!" jerit Alice
et elle sautait de haut en bas dans une agonie de terreur
dan dia melompat ke atas dan ke bawah dalam kesakitan ketakutan
la duchesse offrit le bébé à Alice
Duchess menawarkan bayi itu kepada Alice
« Ici ! Tu peux allaiter un peu le bébé, si tu veux !
"Di sini! Anda boleh menyusukan bayi sedikit, jika anda suka!"
et elle lui lança l'enfant tout en parlant
dan dia melemparkan bayi itu kepadanya semasa dia bercakap
« Je dois aller me préparer à jouer au croquet avec la reine »
"Saya mesti pergi dan bersiap sedia untuk bermain kroket dengan ratu"
et elle se hâta de sortir de la chambre

dan dia bergegas keluar dari bilik

Alice attrapa le bébé avec quelque difficulté

Alice menangkap bayi itu dengan sedikit kesukaran

parce que c'était une petite créature de forme très étrange

kerana ia adalah makhluk kecil berbentuk sangat ganjil

et l'enfant tendit les bras et les jambes dans toutes les directions

dan bayi itu menghulurkan tangan dan kakinya ke semua arah

« Je ferais mieux d'emmener cet enfant avec moi », pensa Alice

"Lebih baik saya membawa anak ini pergi bersama saya," fikir Alice

« Ils sont sûrs de tuer ce bébé dans un jour ou deux »

"Mereka pasti akan membunuh bayi ini dalam satu atau dua hari"

« Ne serait-ce pas un meurtre de laisser ce bébé derrière soi ? »

"Bukankah membunuh untuk meninggalkan bayi ini?"

Elle prononça les derniers mots à haute voix

Dia mengucapkan kata-kata terakhir dengan kuat

Et la petite créature grogna en réponse

dan benda kecil itu merungut sebagai jawapan

« Tu ferais mieux de ne pas te transformer en cochon, ma chère, » dit Alice

"Sebaiknya kamu tidak berubah menjadi babi, sayangku," kata Alice

« ou alors je n'aurai plus rien à faire avec toi »

"atau saya tidak akan ada kaitan lagi dengan awak"

Alice commençait à peine à penser en elle-même :

Alice baru mula berfikir sendiri:

« Maintenant, que vais-je faire de cette créature, quand je la ramène à la maison ? »

"Sekarang, apa yang perlu saya lakukan dengan makhluk ini, apabila saya membawanya pulang?"

Mais alors la petite créature grogna un peu violemment

tetapi kemudian makhluk kecil itu merungut sedikit ganas

et Alice baissa les yeux sur son visage avec une certaine inquiétude

dan Alice memandang ke mukanya dalam sedikit kebimbangan

Cette fois, il ne pouvait y avoir d'erreur à ce sujet

Kali ini tidak mungkin ada kesilapan mengenainya

Ce n'était ni plus ni moins qu'un cochon

ia tidak lebih dan tidak kurang daripada babi

alors elle déposa la petite créature

jadi dia meletakkan makhluk kecil itu

et la petite créature s'éloigna tranquillement dans le bois

dan makhluk kecil itu berlari secara senyap-senyap ke dalam hutan

Alice se sentit tout à fait soulagée de voir la créature partir

Alice berasa agak lega melihat makhluk itu pergi

Alice fut un peu surprise en voyant le Chat-Cheshire

Alice sedikit terkejut melihat Cheshire-Cat

Il était assis sur une branche d'arbre à quelques mètres de là

ia duduk di dahan pokok beberapa meter jauhnya

Le chat ne sourit que lorsqu'il la vit

Kucing itu hanya tersenyum apabila melihatnya

« Chat du Cheshire », commença Alice un peu timidement

"Kucing Cheshire," mula Alice, agak malu-malu

« Pourriez-vous s'il vous plaît me dire dans quelle direction je dois aller à partir d'ici ? »

"Bolehkah anda memberitahu saya ke arah mana saya harus pergi dari sini?"

« Dans cette direction », dit le chat

"Ke arah itu," kata kucing itu

et il agita la patte droite

dan ia melambai kaki kanan

« C'est dans cette direction que vit un fabricant de chapeaux »

"Ke arah itu hidup seorang pembuat topi"

puis le chat agita son autre patte

dan kemudian kucing itu melambai kakinya yang lain

« Et dans cette direction vit un lièvre de marche »

"Dan ke arah itu hidup arnab perarakan"
« Visitez l'un ou l'autre de vos goûts ; Ils sont tous les deux fous"
"Lawati sama ada yang anda suka; mereka berdua gila"
— Mais je ne veux pas aller parmi des fous, remarqua Alice
"Tetapi saya tidak mahu pergi di kalangan orang gila," kata Alice
« Oh, tu ne peux pas t'en empêcher, » dit le Chat
"Oh, anda tidak boleh menahannya," kata Kucing
« Nous sommes tous fous ici »
"Kita semua marah di sini"
« Tu joues au croquet avec la reine aujourd'hui ? »
"Adakah anda bermain kroket dengan ratu hari ini?"
— J'aimerais beaucoup, dit Alice
"Saya sangat mahu," kata Alice
« mais je n'ai pas encore été invité »
"tetapi saya belum dijemput lagi"
« Tu me verras là-bas », dit le Chat
"Anda akan melihat saya di sana," kata Kucing
et d'un instant à l'autre le chat disparaissait
dan dari satu saat ke saat berikutnya kucing itu lenyap
bientôt Alice arriva en vue de la maison du lièvre de marche
tidak lama kemudian Alice dapat melihat rumah arnab perarakan
C'était une très grande maison
Ini adalah sebuah rumah yang sangat besar
alors Alice ne voulait pas s'approcher de la maison
jadi Alice tidak mahu pergi berhampiran rumah
D'abord, elle a dû grignoter un peu plus du morceau de champignon du côté gauche
Mula-mula dia terpaksa menggigit sedikit cendawan sebelah kiri

Un thé fou

pesta teh gila

Devant la maison, il y avait un arbre

Di hadapan rumah terdapat sebatang pokok

et sous l'arbre, il y avait une table

dan di bawah pokok itu terdapat sebuah meja

et la table était dressée avec toutes sortes de couverts

dan meja itu diatur dengan pelbagai jenis kutleri

Le lièvre de mars et le chapelier étaient à table

arnab March dan pembuat topi berada di meja

et ensemble ils prenaient le thé

dan bersama-sama mereka minum teh

Un loir était assis entre eux

seekor tikus duduk di antara mereka

et le loir dormait profondément

dan dormouse itu tertidur lelap

La table était d'une taille extraordinaire

Meja itu bersaiz luar biasa

mais la majeure partie de la table était inoccupée

tetapi sebahagian besar meja tidak berpenghuni

Ils étaient assis serrés les uns contre les autres dans un coin de la table

mereka duduk bersesak di satu sudut meja

et pourtant ils s'excusaient quand ils voyaient Alice

namun mereka membuat alasan apabila mereka melihat Alice

« Pas de place ! Pas de place ! » crièrent-ils

"Tiada bilik! Tiada bilik!" mereka menjerit

« Il y a beaucoup de place ! » dit Alice avec indignation

"Ada banyak ruang!" kata Alice marah

À l'une des extrémités de la table, il y avait un grand fauteuil

Di satu hujung meja terdapat kerusi berlengan yang besar

et Alice s'assit dans le fauteuil

dan Alice duduk di kerusi berlengan

Le chapelier ouvrit de grands yeux

pembuat topi membuka matanya dengan sangat lebar

Il n'arrivait pas à croire ce qu'il voyait

dia tidak percaya apa yang dia lihat
Mais son esprit était curieux d'autres choses
tetapi fikirannya ingin tahu tentang perkara lain
« Pourquoi un corbeau est-il comme un bureau ? »
"Mengapa burung gagak seperti meja tulis?"
Alice était prête à relever le défi
Alice terbuka kepada cabaran itu
« Je suis content qu'ils aient commencé à poser des énigmes »
"Saya gembira mereka telah mula bertanya teka-teki"
— Je crois que je peux le deviner, ajouta-t-elle à haute voix
"Saya percaya saya boleh meneka itu," tambahnya dengan lantang
Le lièvre de mars s'est curieux de connaître Alice
Arnab perarakan semakin ingin tahu tentang Alice
« Pensez-vous vraiment que vous pouvez trouver la réponse ? »
"Adakah anda benar-benar fikir anda boleh mencari jawapannya?"
— Je crois que je peux trouver la réponse, en effet, dit Alice
"Saya rasa saya memang boleh mencari jawapannya," kata Alice
« Alors, tu devrais dire ce que tu veux dire », continua le lièvre de marche
"Kalau begitu kamu harus katakan apa yang kamu maksudkan," arnab perarakan itu diteruskan
— Je dis ce que je pense, répondit vivement Alice
"Saya katakan apa yang saya maksudkan," Alice tergesa-gesa menjawab
« à tout le moins, je pense ce que je dis »
"sekurang-kurangnya saya maksudkan apa yang saya katakan"
« C'est la même chose, vous savez »
"Itu perkara yang sama, anda tahu"
Le loir a également contribué à la conversation
Dormouse juga menyumbang kepada perbualan
mais le loir semblait parler dans son sommeil

tetapi dormouse seolah-olah bercakap dalam tidurnya

« Je respire quand je dors »

"Saya bernafas apabila saya tidur"

« Je dors quand je respire ! »

"Saya tidur apabila saya bernafas!"

« Autant dire qu'ils sont les mêmes aussi »

"Anda juga boleh mengatakan mereka juga sama"

« C'est la même chose pour toi », dit le chapelier

"Ia adalah perkara yang sama dengan kamu," kata pembuat topi

Et il versa un peu de thé sur le nez du loir

dan dia menuangkan sedikit teh ke hidung dormouse

Le Loir secoua la tête avec impatience

Dormouse menggelengkan kepalanya dengan tidak sabar

et le loir parla de nouveau, sans ouvrir les yeux

dan sekali lagi tikus bercakap, tanpa membuka matanya

« Bien sûr, bien sûr que c'est la même chose »

"Sudah tentu, sudah tentu ia sama"

« C'est juste ce que j'allais dire moi-même »

"itulah yang saya akan katakan sendiri"

Le chapelier se tourna vers Alice et lui posa une autre question
Pembuat topi itu berpaling kepada Alice dan bertanya soalan lain
« As-tu déjà deviné l'énigme ? »
"Adakah anda sudah meneka teka-teki itu?"
« Non, j'abandonne », a concédé Alice
"Tidak, saya berputus asa," Alice mengakui
« Quelle est la réponse ? » voulait-elle savoir
"Apa jawapannya?" dia ingin tahu
— Je n'en ai pas la moindre idée, dit le chapelier
"Saya tidak mempunyai sedikit pun idea," kata pembuat topi itu
« Moi non plus, » dit le lièvre de marche
"Saya juga tidak tahu," kata arnab perarakan
Alice poussa un soupir de lassitude
Alice menghela nafas letih
« Il y a de meilleures utilisations du temps que des énigmes sans réponses »
"Terdapat penggunaan masa yang lebih baik daripada teka-teki tanpa jawapan"
« Prends encore du thé », dit le lièvre de marche à Alice, très sérieusement
"minum teh lagi," kata arnab perarakan kepada Alice, dengan sangat bersungguh-sungguh
Alice était assez offensée par l'offre
Alice agak tersinggung dengan tawaran itu
— Je n'ai pas encore pris de thé, répondit Alice
"Saya belum minum teh," jawab Alice
« donc je ne peux plus prendre de thé »
"oleh itu saya tidak boleh minum teh lagi"
— Vous voulez dire que vous ne pouvez pas prendre moins de thé, dit le chapelier
"Maksud anda anda tidak boleh kurang minum teh," kata pembuat topi
« C'est très facile de prendre plus que rien »
"Sangat mudah untuk mengambil lebih daripada tiada"

À ces mots, Alice se leva et s'en alla
Pada masa ini, Alice bangun dan berjalan pergi
Le loir s'endormit instantanément
Tikus dormouse itu tertidur serta-merta
et ni l'un ni l'autre ne firent la moindre attention à son départ
dan kedua-dua yang lain tidak menyedari kepergiannya
bien qu'elle ait regardé en arrière une ou deux fois
walaupun dia menoleh ke belakang sekali atau dua kali
Ils essayaient de mettre le loir dans la théière
Mereka cuba memasukkan tikus ke dalam periuk teh
« En tout cas, je n'y retournerai plus ! » dit Alice
"Bagaimanapun, saya tidak akan pergi ke sana lagi!" kata Alice
et elle se fraya un chemin à travers les bois
dan dia berjalan melalui hutan
« c'était le thé le plus stupide auquel j'aie jamais assisté »
"itu adalah pesta teh paling bodoh yang pernah saya kunjungi"
Juste au moment où elle disait cela, elle remarqua quelque chose
Semasa dia mengatakan ini, dia menyedari sesuatu
L'un des arbres avait une porte qui y menait directement
Salah satu pokok mempunyai pintu yang menghala terus ke dalamnya
« C'est très intéressant ! » a-t-elle pensé
"Itu sangat menarik!" fikirnya
« Je pense que je peux aussi bien passer la porte »
"Saya rasa saya juga boleh melalui pintu"
Et elle passa par la porte
Dan melalui pintu dia pergi
Une fois de plus, elle se retrouva dans le long couloir
Sekali lagi dia mendapati dirinya berada di dewan panjang
de nouveau, elle était près de la petite table de verre
sekali lagi dia dekat dengan meja kaca kecil
Elle prit la petite clé d'or
Dia mengambil kunci emas kecil itu

et elle ouvrit la porte qui donnait sur le jardin
dan dia membuka kunci pintu yang menuju ke taman
Puis elle s'est mise au travail pour grignoter le champignon
Kemudian dia mula bekerja menggigit cendawan
Elle avait gardé un morceau du champignon dans sa poche
dia telah menyimpan sekeping cendawan di dalam poketnya
Et finalement, elle mesurait environ un mètre
dan akhirnya dia kira-kira satu meter tinggi
Puis elle descendit le petit couloir
Kemudian dia berjalan menyusuri koridor kecil
Et puis elle s'est finalement retrouvée dans le magnifique jardin
dan kemudian dia akhirnya mendapati dirinya berada di taman yang indah
et elle était parmi les fleurs brillantes et les fontaines fraîches
dan dia berada di antara bunga yang terang dan air pancut yang sejuk

Le terrain de croquet de la reine
Tanah kroket ratu

Un grand rosier se dressait près de l'entrée du jardin
Sebatang pokok mawar besar berdiri berhampiran pintu
masuk taman
Les roses qui poussaient sur l'arbre étaient blanches
mawar yang tumbuh di pokok itu berwarna putih
Mais il y avait trois jardiniers qui peignaient la rose
tetapi terdapat tiga tukang kebun yang melukis mawar itu
Ils étaient occupés à peindre les roses en rouge
Mereka sibuk mengecat mawar merah
et Alice les regardait peindre les roses en rouge
dan Alice memerhatikan mereka melukis mawar merah
et soudain leurs yeux tombèrent par hasard sur Alice
dan tiba-tiba mata mereka kebetulan tertuju pada Alice
Alice parlait un peu timidement
Alice bercakap sedikit malu-malu
« Pourriez-vous me le dire, s'il vous plaît ? »
"Bolehkah anda memberitahu saya, tolong;"
« Pourquoi peignez-vous tous ces roses ? »
"Kenapa kamu semua melukis mawar itu?"
cinq et sept ne dirent rien, mais regardèrent deux
Lima dan tujuh tidak berkata apa-apa, tetapi melihat dua
deux d'entre eux parlèrent à voix basse
dua bercakap, dengan suara rendah
— Eh bien, le fait est, voyez-vous, madame.
"Kenapa, hakikatnya, anda lihat, puan"
« Celui-ci aurait dû être un rosier rouge »
"Ini di sini sepatutnya pokok mawar merah"
« Et nous avons mis un rosier blanc par erreur »
"Dan kami meletakkan pokok mawar putih secara tidak
sengaja"
**« Comme vous en conviendrez, la reine ne doit pas le
découvrir »**
"Seperti yang anda setuju, Ratu tidak boleh mengetahuinya"
« Sinon, nous aurions tous la tête tranchée »
"Jika tidak, kita semua akan dipotong kepala"

« Alors vous voyez, madame, nous faisons de notre mieux »
"Jadi anda lihat, puan, kami melakukan yang terbaik"
La cinquième carte avait regardé anxieusement à travers le jardin
Kad lima telah melihat dengan cemas ke seberang taman
À ce moment, la cinquième carte cria : « La dame ! La reine !
Pada masa ini kad lima memanggil, "Ratu! Permaisuri!"
Et les trois jardiniers s'enfuirent aussitôt
dan ketiga-tiga tukang kebun itu serta-merta bergegas pergi
et ils se jetèrent à plat ventre
dan mereka melemparkan diri mereka ke atas muka mereka
Il y eut un bruit de nombreux pas
Terdapat bunyi banyak langkah kaki
Alice regarda autour d'elle, impatiente de voir la reine
Alice melihat sekeliling, tidak sabar-sabar untuk melihat permaisuri
Au début de la procession se trouvaient dix soldats
Pada permulaan perarakan itu terdapat sepuluh askar
leurs mains et leurs pieds étaient dans les coins
tangan dan kaki mereka berada di sudut
et dans leurs mains et leurs pieds étaient des massues
dan di tangan dan kaki mereka ada kayu
Venaient ensuite les dix courtisans
seterusnya datang sepuluh orang istana
Les courtisans étaient partout ornés de diamants
istana dihiasi dengan berlian
Après les courtisans sont venus les enfants royaux
Selepas istana datang anak-anak diraja
Il y avait dix enfants royaux
Terdapat sepuluh anak diraja
et tous les enfants royaux étaient ornés de cœurs
dan semua anak-anak diraja dihiasi dengan hati
Venaient ensuite les invités ; principalement des rois et des reines
Seterusnya datang tetamu; kebanyakannya raja dan permaisuri
et parmi les rois et la reine, Alice vit quelqu'un

dan di kalangan raja dan permaisuri Alice melihat seseorang
Elle revit le lapin blanc qu'elle avait chassé
dia melihat lagi arnab putih yang dikejarnya
Le cortège était suivi par le valet de cœur
Perarakan itu diikuti dengan pisau hati
Il portait la couronne du roi
dia membawa mahkota raja
et la couronne du roi était sur un coussin de velours cramoisi
dan mahkota raja berada di atas kusyen baldu merah
Et puis vint la fin de ce grand cortège
Dan kemudian datanglah penghujung perarakan besar ini
Et là, à la fin, il y avait le Roi et la Reine de Cœur
dan di sana pada akhirnya ada raja dan ratu hati
le cortège arriva en face d'Alice
perarakan itu bertentangan dengan Alice
et ils s'arrêtèrent tous et la regardèrent
dan mereka semua berhenti dan memandangnya
et la reine dit sévèrement : « Qui est-ce ? »
dan permaisuri berkata dengan keras, "Siapa ini?"
Elle l'a dit au Valet de Cœur
Dia mengatakannya kepada Knave of Hearts
Mais il s'est contenté de s'incliner et de sourire en réponse
tetapi dia hanya tunduk dan tersenyum sebagai jawapan
Alice parla très poliment
Alice bercakap dengan sangat sopan
« Je m'appelle Alice, alors faites plaisir à Votre Majesté »
"Nama saya Alice, jadi tolong Yang Mulia"
Mais elle avait d'autres pensées pour elle-même
tetapi dia mempunyai pemikiran lain untuk dirinya sendiri
« Ce n'est qu'un jeu de cartes, après tout ! »
"Lagipun, mereka hanya sebungkus kad!"
« Savez-vous jouer au croquet ? » cria la reine
"Bolehkah kamu bermain kroket?" jerit ratu
La question était évidemment destinée à Alice
Soalan itu jelas dimaksudkan untuk Alice
— Oui ! dit Alice d'une voix forte
"Ya!" kata Alice dengan kuat

« Venez jouer alors ! » rugit la reine
"Mari bermain!" raung permaisuri
une voix timide s'adressa à Alice
suara malu-malu bercakap kepada Alice
« C'est une très belle journée ! »
"Ini hari yang sangat cerah!"
Elle se promenait près du lapin blanc
Dia berjalan di tepi arnab putih
et le Lapin Blanc jetait un coup d'œil anxieux sur son visage
dan Arnab Putih mengintip dengan cemas ke mukanya
« Une très belle journée, en effet, confirma Alice
"Memang hari yang sangat cerah," mengesahkan Alice
« Où est la duchesse ? »
"Di mana duchess?"
« Chut ! Chut ! dit le Lapin
"Diam! Diam!" kata Arnab
« Elle est sous le coup d'une sentence d'exécution »
"Dia di bawah hukuman mati"
« Pourquoi est-elle exécutée ? » demanda Alice
"Untuk apa dia dihukum mati?" tanya Alice
« Elle a éraflé les oreilles de la reine », commença le lapin
"Dia mencalarkan telinga ratu," arnab itu bermula
cria la reine d'une voix de tonnerre
Permaisuri menjerit dengan suara guruh
« Retournez à vos endroits ! »
"Pergi ke tempat anda!"
et les gens se mirent à courir dans toutes les directions
dan orang ramai mula berlari ke semua arah
et ils tombèrent tous les uns contre les autres
dan mereka semua jatuh antara satu sama lain
Cependant, ils se sont calmés en une minute ou deux
Walau bagaimanapun, mereka telah tenang dalam satu atau
dua minit
Et puis le jeu a commencé
Dan kemudian permainan bermula
Alice n'avait jamais vu un terrain de croquet aussi curieux
Alice tidak pernah melihat tanah kroket yang begitu ingin

tahu

L'herbe n'était que crêtes et sillons

rumput itu semua rabung dan alur

Les boules de croquet étaient de vrais hérissons

Bola kroket adalah landak sebenar

Et les maillets étaient de vrais flamants roses

dan palu itu adalah flamingo sebenar

et les soldats se tinrent sur leurs mains et leurs pieds

dan askar-askar itu berdiri di atas tangan dan kaki mereka

Parce que les arches ont été faites à partir de leurs corps

kerana gerbang itu diperbuat daripada badan mereka

Les joueurs ont tous joué en même temps

Semua pemain bermain serentak

Personne n'attendait son tour

Tiada siapa yang menunggu giliran mereka

et tout le monde se querellait avec tout le monde

dan semua orang bertengkar dengan semua orang

et tous se battaient pour les hérissons

dan semua berjuang untuk landak

Bientôt, la reine fut dans une colère furieuse

Tidak lama kemudian ratu berada dalam keghairahan yang marah

et elle s'est mise à piétiner et à crier

dan dia mula menghentak-hentakan dan menjerit

« Coupez-lui la tête ! »

"Potong kepalanya!"

« Coupez-lui la tête ! »

"Potong kepalanya!"

« Coupez-leur la tête ! »

"Potong semua kepala mereka!"

De nouveau, Alice pensa en elle-même

Sekali lagi Alice berfikir pada dirinya sendiri

« Ils sont affreusement friands de décapiter les gens ici »

"Mereka sangat gemar memenggal kepala orang di sini"

« Ce qui est très étonnant, c'est qu'il reste quelqu'un en vie ! »

"Keajaiban yang hebat ialah ada sesiapa yang masih hidup!"

Elle cherchait un moyen de s'échapper
Dia sedang mencari jalan untuk melarikan diri
Elle remarqua une curieuse apparition dans l'air
Dia melihat penampilan ingin tahu di udara
« C'est le chat du Cheshire », se dit-elle
"Ia kucing Cheshire," katanya kepada dirinya sendiri
« maintenant j'aurai quelqu'un à qui parler »
"sekarang saya akan mempunyai seseorang untuk bercakap"
« Comment vas-tu ? » dit le chat
"Bagaimana khabar?" kata kucing itu
« Je ne pense pas qu'ils jouent du tout équitablement », a déclaré Alice
"Saya tidak fikir mereka bermain sama sekali dengan adil," kata Alice
et elle avait un ton plutôt plaintif
dan dia mempunyai nada yang agak merungut
« Ils se querellent tous si affreusement »
"Mereka semua bertengkar dengan sangat mengerikan"
« On ne s'entend pas parler »
"Seseorang tidak boleh mendengar diri bercakap"
« Et ils ne semblent pas jouer selon des règles »
"Dan mereka nampaknya tidak bermain mengikut sebarang peraturan"
le chat a posé une question à Alice à voix basse
kucing itu bertanya soalan kepada Alice dengan suara rendah
« Comment aimez-vous la reine ? »
"Bagaimana anda suka permaisuri?"
— Je ne l'aime pas du tout, dit Alice
"Saya sama sekali tidak menyukainya," kata Alice

Alice pensa qu'elle ferait aussi bien d'y retourner
Alice fikir dia mungkin juga kembali
Elle voulait voir comment le match se passait
Dia mahu melihat bagaimana permainan itu berjalan
Elle est partie à la recherche de son hérisson
dia pergi mencari landaknya
Le hérisson était occupé à combattre un autre hérisson
Landak itu sibuk melawan landak lain
C'était une excellente occasion
Ini adalah peluang yang sangat baik
Elle pouvait croquer un hérisson avec l'autre
dia boleh mengaroket satu landak dengan yang lain
Mais son flamant rose était de l'autre côté du jardin
tetapi flamingonya berada di seberang taman
Le flamant rose était plutôt maladroit
flamingo itu agak kekok
Son flamant rose essayait de s'envoler dans un arbre
flamingonya cuba terbang ke atas pokok
Elle attrapa le flamant rose par la patte
Dia menangkap flamingo di kaki
Et elle glissa le flamant rose sous son bras
dan dia menyelitkan flamingo itu di bawah lengannya
De cette façon, le flamant rose ne pouvait plus s'échapper

dengan cara itu flamingo tidak dapat melarikan diri lagi
Juste à ce moment-là, Alice rencontra la duchesse
Ketika itu Alice kebetulan bertemu dengan duchess
La duchesse était maintenant sortie de prison
Duchess kini keluar dari penjara
Elle glissa affectueusement son bras sous celui d'Alice
Dia menyelitkan lengannya dengan penuh kasih sayang di
bawah lengan Alice
puis ils sont partis ensemble
dan kemudian mereka berjalan bersama
**Alice était très heureuse de la trouver d'une humeur si
agréable**
Alice sangat gembira mendapati dia dalam perangai yang
begitu menyenangkan
Elle était cependant un peu surprise
Dia sedikit terkejut, bagaimanapun
Elle entendit la voix de la duchesse près de son oreille
Dia mendengar suara duchess dekat telinganya
« Tu penses à quelque chose, ma chérie »
"Kamu sedang memikirkan sesuatu, sayangku"
« Et ça fait oublier de parler »
"Dan itu membuatkan anda lupa untuk bercakap"
« Le jeu se passe un peu mieux maintenant », a déclaré Alice
"Permainan berjalan lebih baik sekarang," kata Alice
C'était une façon de poursuivre la conversation
ia adalah salah satu cara untuk meneruskan perbualan
— C'est vrai, dit la duchesse
"memang begitu," kata Duchess
« Et la morale de cela est la suivante : »
"Dan moral itu ialah ini:"
« C'est l'amour qui fait tout ! »
"Cintalah yang melakukan semuanya!"
« L'amour est ce qui fait tourner le monde »
"Cinta adalah apa yang membuatkan dunia berputar"
Alice avait une autre explication
Alice mempunyai penjelasan lain
« C'est fait par tout le monde qui s'occupe de ses propres

affaires ! »

"Ia dilakukan oleh semua orang yang memikirkan perniagaannya sendiri!"

— **Ah ! Vous pourriez avoir raison"**

"Ah, baiklah! Anda boleh betul"

— **Tout cela signifie à peu près la même chose, dit la duchesse**

"Semuanya bermakna perkara yang sama," kata Duchess

et elle enfonça son petit menton pointu dans l'épaule d'Alice

dan dia menggali dagu kecilnya yang tajam ke bahu Alice

« Et la morale de cela est la suivante »

"dan moral itu ialah ini"

« Prendre soin du sens »

"Jaga akal"

« Et puis les sons prendront soin d'eux-mêmes »

"Dan kemudian bunyi akan menjaga diri mereka sendiri"

Mais alors le bras de la duchesse se mit à trembler

Tetapi kemudian lengan duchess mula menggeletar

Alice leva les yeux et la reine se tenait là

Alice mendongak dan di sana berdiri ratu

La reine avait les bras croisés

Ratu telah melipat tangannya

Et elle fronçait les sourcils comme un orage !

dan dia mengerutkan kening seperti ribut petir!

« Je vous préviens », cria la reine

"Saya memberi anda amaran yang adil," jerit permaisuri

et elle piétina le sol tout en parlant

dan dia memijak tanah semasa dia bercakap

« Soit ta tête, soit sa tête doit être coupée »

"Sama ada kepala anda atau kepalanya mesti terlepas"

« Faites votre choix ! »

"Ambil pilihan anda!"

« Et soyez rapide à ce sujet »

"dan cepat mengenainya"

La duchesse fait son choix

Duchess membuat pilihannya

et au bout d'un instant la duchesse avait disparu

dan dalam sekejap duchess itu telah pergi
Puis la reine s'adressa à Alice
Kemudian permaisuri bercakap dengan Alice
« Continuons le jeu »
"Mari kita teruskan permainan"
Alice était trop effrayée pour dire un mot
Alice terlalu takut untuk mengatakan sepatah kata pun
et elle la suivit lentement jusqu'au terrain de croquet
dan dia perlahan-lahan mengikutinya kembali ke tanah kroket
Pendant tout ce temps, la reine s'est querellée avec les autres joueurs
sepanjang masa Ratu bertengkar dengan pemain lain
« Coupez-lui la tête ! »
"Potong kepalanya!"
« Coupez-lui la tête ! »
"Potong kepalanya!"
« Coupez-leur la tête ! »
"Potong semua kepala mereka!"
Bientôt, tous les joueurs ont été en garde à vue
Tidak lama kemudian semua pemain ditahan
il ne restait que le roi, la reine et Alice
hanya raja, permaisuri, dan Alice yang kekal
Puis la reine s'en alla, tout à fait essoufflée
Kemudian ratu pergi, agak sesak nafas
et elle s'en alla avec Alice
dan dia pergi bersama Alice
Alice entendit le roi dire quelque chose
Alice mendengar raja dengan senyap-senyap mengatakan sesuatu
« Vous êtes tous pardonnés »
"Anda semua diampuni"
Mais soudain, un autre cri se fit entendre
tetapi tiba-tiba terdengar tangisan lain
« Le procès commence ! »
"Perbicaraan bermula!"
et Alice courut avec les autres
dan Alice berlari bersama yang lain

Qui a volé les tartes ?

Siapa yang mencuri tart?

Le roi et la reine de cœur étaient assis

Raja dan ratu hati telah duduk

ils étaient sur leur trône quand Alice arriva

mereka berada di atas takhta mereka ketika Alice tiba

Il y avait une grande foule rassemblée autour d'eux

Terdapat orang ramai berkumpul di sekeliling mereka

Il y avait toutes sortes de petits oiseaux et de bêtes

Terdapat pelbagai jenis burung kecil dan binatang

Et il y avait tout le paquet de cartes

dan terdapat keseluruhan pek kad

Le coquin se tenait devant eux, enchaîné

pisau itu berdiri di hadapan mereka, dalam rantai

et il y avait un soldat de chaque côté pour le garder

dan ada seorang askar di setiap sisi untuk menjaganya

près du roi était le lapin blanc

berhampiran Raja ialah arnab putih

Il avait une trompette dans une main

dia mempunyai sangkakala di satu tangan

et il avait un rouleau de parchemin dans l'autre main

dan dia mempunyai skrol perkamen di tangan yang lain

Au milieu de la cour se trouvait une table

Di tengah-tengah gelanggang terdapat sebuah meja

Sur la table, il y avait un grand plat de tartes

Di atas meja terdapat hidangan tart yang besar

« J'aimerais qu'ils fassent le procès », pensa Alice

"Saya harap mereka akan menyelesaikan perbicaraan," fikir Alice

« Alors nous pourrions manger quelques-uns de ces rafraîchissements ! »

"Kemudian kita boleh makan beberapa minuman itu!"

Le juge, soit dit en passant, était le roi
Hakim, dengan cara itu, adalah raja
et il portait sa couronne sur sa grande perruque
dan dia memakai mahkotanya di atas rambut palsunya yang besar
« C'est le banc des jurés, pensa Alice
"Itu kotak juri," fikir Alice
« Et ces douze créatures, je suppose qu'elles sont les jurés »
"dan dua belas makhluk itu, saya rasa mereka adalah juri"
certains étaient des animaux, et d'autres étaient des oiseaux
ada yang haiwan, dan ada yang burung
Juste à ce moment-là, le lapin blanc a crié
Pada masa itu arnab putih itu menjerit
« Silence dans la cour ! »
"Diam di mahkamah!"
« Héraut, lisez l'accusation ! » dit le roi

"Herald, baca tuduhan itu!" kata raja

Le lapin blanc souffla trois coups de trompette

Arnab putih meniup tiga letupan pada sangkakala

Puis il déroula le parchemin

kemudian dia membuka gulungan skrol perkamen itu

Et il a lu ce qui suit :

dan dia membaca seperti berikut:

« La reine de cœur, elle a fait des tartes, »

"Ratu hati, dia membuat beberapa tart,"

« Tout cela, elle l'a fait un jour d'été »

"Semua ini dia lakukan pada hari musim panas"

« Le valet de cœur, il a volé ces tartes »

"Pisau hati, dia mencuri tart itu"

« Et il a emporté ces tartes loin ! »

"Dan dia mengambil tart itu jauh!"

« Appelez le premier témoin », dit le roi

"Panggil saksi pertama," kata raja

et le lapin blanc souffla trois coups de trompette

dan arnab putih itu meniup tiga letupan pada sangkakala

« Amenez le premier témoin ! » cria-t-il

"Bawa saksi pertama!" dia memanggilnya

Le premier témoin était le chapelier

Saksi pertama ialah pembuat topi

Il entra avec une tasse de thé dans une main

Dia masuk dengan cawan teh di satu tangan

et il avait un morceau de pain et de beurre dans l'autre main

dan dia mempunyai sekeping roti dan mentega di tangan
yang lain

« Tu aurais dû finir », dit le roi

"Kamu sepatutnya selesai," kata Raja

« Quand avez-vous commencé ? »

"Bilakah kamu bermula?"

Le chapelier regarda le lièvre de marche

Pembuat topi melihat arnab perarakan

Le lièvre de marche l'avait suivi dans la cour

arnab March telah mengikutinya ke mahkamah

Il avait marché bras dessus bras dessous avec le loir

dia telah berjalan bergandengan tangan dengan dormouse

« Le quatorzième mars, je crois, dit-il

"Empat belas Mac, saya rasa begitu," katanya

« Rendez votre témoignage », dit le roi

"Berikan buktimu," kata raja

« Et ne sois pas nerveux, ou je te ferai exécuter sur-le-champ »

"dan jangan gementar, atau saya akan membunuh anda di tempat kejadian"

Cela n'a pas semblé encourager du tout le témoin

Ini nampaknya tidak menggalakkan saksi sama sekali

Il n'arrêtait pas de se déplacer d'un pied sur l'autre

dia terus beralih dari satu kaki ke kaki yang lain

et il regarda la reine avec inquiétude

dan dia memandang ratu dengan gelisah

et, dans sa confusion, il mordit un gros morceau de sa tasse de thé

dan, dalam kekeliruannya, dia menggigit sekeping besar dari cawan tehnya

En réalité, il voulait croquer dans son pain et son beurre

benar-benar dia bermaksud untuk menggigit roti dan menteganya

Juste à ce moment, Alice éprouva une sensation très curieuse

Tepat pada masa ini Alice merasakan sensasi yang sangat ingin tahu

Elle commençait à grossir à nouveau

dia mula membesar semula

Le misérable chapelier laissa tomber sa tasse de thé

Pembuat topi yang menyedihkan itu menjatuhkan cawan tehnya

et le pain et le beurre tombèrent à terre

dan roti dan mentega jatuh ke tanah

et il mit un genou à terre

dan dia berlutut

« Je suis un pauvre homme, Votre Majesté », a-t-il commencé

"Saya orang miskin, Yang Mulia," dia bermula

« Vous êtes un bien mauvais orateur, » dit le roi

"Kamu seorang penceramah yang sangat miskin," kata raja

« Tu peux y aller, » dit le roi

"Kamu boleh pergi," kata raja

et le chapelier quitta précipitamment la cour

dan pembuat topi itu tergesa-gesa meninggalkan mahkamah

« Appelez le témoin suivant ! » dit le roi

"Panggil saksi seterusnya!" kata raja

Le témoin suivant fut le cuisinier de la duchesse

Saksi seterusnya ialah tukang masak duchess

Elle portait la poivrière à la main

Dia membawa kotak lada di tangannya

et les gens près de la porte se mirent à éternuer tout à coup

dan orang-orang berhampiran pintu mula bersin sekaligus

« Rendez votre témoignage », dit le roi

"Berikan buktimu," kata raja

— Je ne donnerai aucun témoignage, dit le cuisinier

"Saya tidak akan memberikan bukti," kata tukang masak itu

Le roi regarda anxieusement le lapin blanc

Raja memandang dengan cemas pada arnab putih itu

Et le lapin blanc parlait d'une voix douce

dan arnab putih itu bercakap dengan suara yang tenang

« Votre Majesté doit contre-interroger ce témoin »

"Seri Paduka Baginda mesti memeriksa balas saksi ini"

« Eh bien, s'il le faut, il le faut, » dit le roi

"Baiklah, jika saya perlu, saya mesti," kata raja

« De quoi sont faites les tartes ? »

"Tart diperbuat daripada apa?"

« Les tartes sont faites de poivre, principalement », a déclaré le cuisinier

"Tart diperbuat daripada lada, kebanyakannya," kata tukang masak itu

Pendant quelques minutes, toute la cour fut dans la confusion

Selama beberapa minit seluruh mahkamah berada dalam kekeliruan

Finalement, ils se sont tous calmés

akhirnya mereka semua menetap semula

Mais à ce moment-là, le cuisinier avait disparu
tetapi pada masa itu tukang masak itu telah hilang
« N'importe ! » dit le roi
"Tidak kisah!" kata raja
« Appel à la barre du prochain témoin »
"panggil saksi seterusnya"
Alice regarda le lapin blanc qui tâtonnait sur la liste
Alice memerhatikan arnab putih itu ketika dia meraba-raba
senarai itu
**Vous pouvez imaginer sa surprise à ce qu'elle a entendu
ensuite**
Anda boleh bayangkan keterkejutannya pada apa yang dia
dengar seterusnya
à tue-tête de sa petite voix aiguë, il appela le nom « Alice ! »
di bahagian atas suara kecilnya yang melengking, dia
memanggil nama itu "Alice!"

Le témoignage d'Alice
Bukti Alice

« Ici ! » s'écria Alice
"Di sini!" jerit Alice

Elle se leva d'un bond en toute hâte
Dia melompat dengan tergesa-gesa

et elle renversa le banc des jurés
dan dia terbalik di atas kotak juri

et elle renversa tous les jurés
dan dia menjatuhkan semua juri

et ils tombèrent sur la tête de la foule en bas
dan mereka jatuh ke kepala orang ramai di bawah

Alice était dans un grand désarroi
Alice sangat kecewa

« Oh ! je vous demande pardon ! » s'écria-t-elle
"Oh, saya mohon maaf!" dia berseru

« Le procès ne peut pas avoir lieu », dit le roi
"Perbicaraan tidak boleh diteruskan," kata raja

« Les jurés doivent retourner à leur place »
"Juri mesti kembali ke tempat yang sepatutnya"

Il répéta l'ordre avec beaucoup d'emphase
Dia mengulangi perintah itu dengan penekanan yang besar

et il regarda Alice d'un air sévère
dan dia memandang Alice dengan tegas

« Que savez-vous de ces événements ? » demanda le roi à Alice
"Apa yang kamu tahu tentang peristiwa ini?" raja bertanya kepada Alice

— Je ne sais rien à ce sujet, dit Alice
"Saya tidak tahu apa-apa mengenai perkara itu," kata Alice

Le roi lut ensuite un extrait de son livre
Raja kemudian membaca daripada bukunya

« Règle quarante-deux »
"Peraturan empat puluh dua"

« Toutes les personnes de plus d'un kilomètre de haut doivent quitter le tribunal »
"Semua orang yang lebih daripada satu batu tinggi akan

meninggalkan mahkamah"
« Je ne suis pas à un mille de haut, » dit Alice
"Saya tidak setinggi satu batu," kata Alice
« Près de deux milles de haut », dit la reine
"Hampir dua batu tinggi," kata Ratu

— Eh bien, je refuse d'y aller, dit Alice
"Baiklah, saya enggan pergi," kata Alice
Le roi pâlit
Raja menjadi pucat
et il ferma précipitamment son carnet
dan dia menutup buku notanya dengan tergesa-gesa
« Considérez votre verdict », a-t-il dit au jury
"Pertimbangkan keputusan anda," katanya kepada juri
Il parlait d'une voix basse et tremblante
Dia bercakap dengan suara rendah dan gemetar
Puis le lapin blanc prit la parole
Kemudian arnab putih itu bercakap
« Il y a encore plus de preuves à venir »
"Terdapat lebih banyak bukti yang akan datang lagi"
et il se leva d'un bond en toute hâte

dan dia melompat dengan tergesa-gesa

« Ce papier vient d'être retiré »

"Kertas ini baru sahaja diambil"

« On dirait que c'est une lettre écrite par le prisonnier »

"Nampaknya surat yang ditulis oleh banduan"

Il déplia le papier tout en parlant

Dia membuka kertas itu semasa dia bercakap

« Ce n'est pas une lettre, après tout »

"Lagipun, ia bukan surat"

« Ce que c'était, c'était un ensemble de versets »

"Apa itu adalah satu set ayat"

« S'il vous plaît, Votre Majesté », dit le coquin

"Tolong, Yang Mulia," kata pisau itu

« Je n'ai pas écrit ces vers »

"Saya tidak menulis ayat-ayat itu"

« et ils ne peuvent pas prouver que j'ai écrit quoi que ce soit »

"dan mereka tidak dapat membuktikan bahawa saya menulis apa-apa"

« Il n'y a pas de nom signé à la fin »

"Tiada nama yang ditandatangani di penghujungnya"

Le roi parla au fripon

Raja bercakap kepada knave

« Vous avez dû vouloir causer des méfaits »

"Kamu pasti bermaksud untuk menyebabkan kerosakan"

« Sinon, tu aurais signé ton nom comme un honnête homme »

"Jika tidak, anda akan menandatangani nama anda seperti orang yang jujur"

Il y eut un claquement général de mains

Terdapat tepukan tangan umum

Et le roi se tourna vers le lapin blanc

dan raja berpaling kepada arnab putih

« Lisez les vers », ordonna-t-il

"Baca ayat-ayat itu," perintahnya

Il y eut un silence de mort dans la cour

Terdapat kesunyian yang mematikan di mahkamah

et le lapin blanc lut les versets
Dan arnab putih membacakan ayat-ayat itu
Ils m'ont dit que vous étiez allé chez elle
Mereka memberitahu saya bahawa anda telah pergi
kepadanya
Et ils lui parlèrent de moi
Dan mereka menyebut saya kepadanya
Elle m'a donné un bon caractère
Dia memberi saya watak yang baik
Mais elle a dit que je ne savais pas nager
Tetapi dia berkata saya tidak boleh berenang
Il leur a fait savoir que je n'étais pas parti
Dia menghantar berita kepada mereka bahawa saya tidak
pergi
Nous savons que c'est vrai
Kami tahu ia benar
Si elle poussait l'affaire, que deviendriez-vous ?
Sekiranya dia meneruskan perkara itu, apa yang akan berlaku
dengan anda?
Je lui en ai donné un, ils lui en ont donné deux
Saya memberinya satu, mereka memberinya dua
Vous nous en avez donné trois ou plus
Anda memberi kami tiga atau lebih
Ils sont tous revenus de sa part vers vous
Mereka semua kembali daripadanya kepada anda
bien qu'ils aient été les miens avant
walaupun mereka adalah milik saya sebelum ini
Si j'avais la chance d'être
Jika saya atau dia berpeluang untuk menjadi
Si j'étais impliqué dans cette affaire
Jika saya atau dia terlibat dalam urusan ini
Il compte en vous pour les libérer
Dia percaya kepada anda untuk membebaskan mereka
Exactement comme nous étions
Sama seperti kami
Mon idée, c'est que vous aviez été
Tanggapan saya ialah anda telah

Avant qu'elle n'ait cette crise
Sebelum dia mempunyai kesesuaian ini
Un obstacle qui s'est dressé entre
Halangan yang datang antara
Lui, et nous-mêmes, et cela
Dia, dan diri kita sendiri, dan itu
Ne lui faites pas savoir qu'elle les aimait mieux
Jangan biarkan dia tahu dia paling menyukainya
Car cela doit être à jamais un secret, caché à tous les autres
Kerana ini mesti selama-lamanya menjadi rahsia, dirahsiakan
daripada semua yang lain
Ce secret doit rester un secret entre vous et moi
Rahsia ini mesti kekal rahsia antara anda dan saya
Le roi était très impressionné
Raja sangat kagum
**« C'est la preuve la plus importante que nous ayons
entendue jusqu'à présent »**
"Itulah bukti paling penting yang pernah kami dengar"
**— Je ne crois pas que ces vers aient un atome de sens,
objecta Alice**
"Saya tidak percaya ayat-ayat itu membawa atom makna,"
bantah Alice
le roi avait sa propre opinion sur la question
Raja mempunyai pendapatnya sendiri mengenai perkara itu
**« S'il n'y a pas de sens dans ces mots, cela sauve un monde
de problèmes »**
"Jika tiada makna dalam kata-kata itu, itu menyelamatkan
dunia yang penuh masalah"
**« Alors nous n'avons pas besoin d'essayer de trouver le
sens »**
"Kalau begitu kita tidak perlu cuba mencari maknanya"
« Laissons le jury délibérer sur son verdict »
"Biarkan juri mempertimbangkan keputusan mereka"
« Non, non ! » dit la reine
"Tidak, tidak!" kata permaisuri
« La condamnation d'abord, le verdict ensuite »
"Hukuman dahulu—keputusan selepas itu"

« Des bêtises et des bêtises ! » dit Alice à haute voix
"Perkara dan karut!" kata Alice dengan kuat
« Comme il est stupide de condamner l'accusé en premier ! »
"Betapa bodohnya menjatuhkan hukuman kepada defendan
terlebih dahulu!"

« Tais-toi ! » dit la reine en devenant violette
"Pegang lidahmu!" kata permaisuri, bertukar ungu
« Je ne me tairai pas ! » dit Alice
"Saya tidak akan menahan lidah saya!" kata Alice
cria la reine à tue-tête
Ratu menjerit dengan suara yang tinggi
« Coupez-lui la tête ! »
"Potong kepalanya!"
Personne n'a fait un mouvement
Tiada siapa yang membuat pergerakan
« Qui se soucie de ce que vous dites ? » dit Alice
"Siapa yang peduli apa yang kamu katakan?" kata Alice
Elle avait atteint sa taille maximale à ce moment-là
dia telah membesar ke saiz penuhnya pada masa ini
« Tu n'es rien d'autre qu'un jeu de cartes ! »
"Kamu tidak lain hanyalah sebungkus kad!"

À ces mots, toutes les cartes se levèrent dans les airs

Pada masa ini, semua kad naik di udara

et toutes les cartes s'abattaient sur elle

dan semua kad terbang ke atasnya

Elle poussa un petit cri

Dia menjerit sedikit

Elle était à moitié effrayée, mais aussi en colère

Dia separuh takut, tetapi juga marah

Et elle a essayé de se battre contre les cartes

dan dia cuba melawan kad daripada dirinya sendiri

puis elle se retrouva allongée sur le talus d'herbe

dan kemudian dia mendapati dirinya terbaring di tebing rumput

Sa tête était sur les genoux de sa sœur

kepalanya berada di pangkuan kakaknya

Des feuilles mortes s'étaient posées sur son visage

beberapa daun mati telah mendarat di mukanya

et sa sœur balayait doucement les feuilles

dan kakaknya perlahan-lahan menyikat daun-daun itu

« Réveille-toi, ma chère Alice ! » dit sa sœur

"Bangun, Alice sayang!" kata kakaknya

« Quel long sommeil tu as eu ! »

"Tidur yang lama awak!"

« Oh, j'ai fait un rêve si curieux ! » dit Alice

"Oh, saya mempunyai mimpi yang ingin tahu!" kata Alice

Et elle raconta à sa sœur tout ce qu'elle pouvait se rappeler

Dan dia memberitahu kakaknya semua yang dia ingat

toutes les étranges aventures que vous venez de lire

Semua pengembaraan pelik yang baru anda baca

Alice se leva et s'enfuit en courant

Alice bangun dan melarikan diri

et elle pensait, tout en courant, à son rêve

dan dia berfikir, semasa dia berlari, tentang mimpinya

« Quel rêve merveilleux cela avait été ! »

"Sungguh mimpi yang indah!"